有澤有
イラスト／古弥月

それは、降り積もる
雪のような。

The feelings quietly accumulate.

JN179879

菫野 澄花
すみれの・すみか
高校2年生。
喫茶スミレの一人娘。
じつは
コーヒーが苦手。
「静一郎くんだって、
まだわたしたちに対して
必要以上に気を使っているよね？」

渡 静一郎《わたり・せいいちろう》
高校2年生。喫茶スミレの住み込みアルバイト。自称、そこそこ好青年。

「そうでもないよ」

「ほんとかなあ？」

「信じられない？」

「ぜんぜん。静一郎くんとわたし、似てるところあるからね」

「どこが？」

「内緒」

「これは女子に告白でもされたな、静一郎」

「えっ、そうなの？」

「どうなんだよ、静一郎。先輩にこそっと教えなよ」

「先輩風吹かせないでください、うざいですよ」

「ばか。喫茶スミレの先輩じゃなくて、恋愛の先輩としてだよ」

「ますますうざいわ！」

「あやしいよね、静一郎」

「必死だよね、静一郎くん」

伊吹 透乃
いぶき・とうの
年齢不詳。

喫茶スミレの従業員。

黙っていれば美人。

白須賀 サラ
しろすが・さら
静一郎のクラスメイト。
孤高の優等生。
愛想の悪さに定評あり。

「はぁ？　なに言ってるの？
誤魔化さないでよ」
「面倒なのはわかるけど、
愛想笑いくらいしたほうが
無駄に悪く言われずに済むぞ。
友達も出来るだろうし」
「どうせ高校までの仲なのに、
愛想振りまいて友達作る必要ある？」
「たしかに、そういうやり方も
ありだよな。
説教じみて悪かった。
気の迷いだ忘れてくれ」

目次

The feelings quietly accumulate.

それは、
降り積もる雪のような。

有澤 有

GA文庫

カバー・口絵・本文イラスト
古弥月

プロローグ

そこそこ好青年でいることで俺《おれ》は高校生活を謳歌《おうか》している。

そこそこというのが肝心になる。

人生の八割は勤勉であり、友人たちと朗《ほが》らかに笑い、清潔さを損なわず、大抵のことにはイエスの意を示していく。

残りの二割はノーだ。惰眠《だみん》を貪《むさぼ》り、友人たちと悪ノリをし、面倒事にはそれはちょっとと拒絶し、もうちょっと素直だったらいい子なのにな、と大人たちに苦笑される。

完璧《かんぺき》なものは凡人には作れない。

だから最初から囮《おとり》のようなボロを演出し、少しだけ手を抜いて気楽に生きていく。

かつての俺は塞《ふさ》ぎ込《こ》むときも、無理して馬脚をあらわすこともあったが、この、そこそこ好青年プランを導入してからは周りの老若男女問わず、評判は良い。

そこそこ。つまり四対一。

これはカフェラテを淹《い》れるときのミルクとエスプレッソの黄金比と同じである。

人生はコーヒーのように苦い。

だからといって苦いまま嗜《たしな》む必要なんてないのだ。

生きることに悩む人がいるのなら無理をしないで、そこそこで生きるのをおすすめしたい。

「でも渡《わたり》って彼女いないよな」

十一月の放課後。いまいましくも厳しくなる寒さのなか、帰宅が億劫《おっくう》なクラスメイトの男子三人と教室でたむろっていたらそんなふうにぶっ込まれた。

相手は校則違反ギリギリまで髪色を攻めているお調子者だ。

「でもってなんだよ。お前らもいないだろ」

「まあそうだけどさ、お前、要領良さそうなのに彼女の一人も作らないだろ？　おかーさんは心配です」

うんうん、と中学時代の彼女にふられたばかりの失恋男がうなずく。

「誰がおかーさんだ。俺はいまの生活で精いっぱいだしな。彼女とかは人生にゆとりができてからでいいわ」

「はぁ？　青春したくないのかよ」

「してるだろ？　こうやってお前らと駄弁《だべ》ってんのも楽しい青春だろ」

「静一郎《せいいちろう》のくせに可愛《かわい》いこと言うなよ。っていうかさ」と、お調子者が添えてから続ける。

「お前、ゆとりができたら彼女ができる前提で話すんじゃねーよ！　そうやって調子乗ってると痛い目を見るからな！」

「そうそう、エグいくらい振られるからな。しんどいぞ」と失恋男。

俺は、にやっとわざとらしく笑ってみせる。

「俺がお前らと同じ轍《てつ》を踏むわけないだろ」

お調子者と失恋男が顔を見合わせる。

「ちょっと女子に評判いいからって調子乗ってんな」

「調子乗って可愛い子を選《え》り好みすんなよ、静一郎。女の子は性格だ」

「……自分たちで話振っといて、説教しだすって理不尽だろ」

俺がそう言うと二人が「たしかに」と笑いだしたので俺もなんとなく笑う。

笑っていても別に心底楽しいわけじゃない。

だからといって嫌なわけでもない。

こいつらのことも好きだ。

ただパターンと化しているやり取りを、たまに虚《むな》しく感じる時がある。

お調子者が首を傾《かし》げ「可愛い子って例えば？」と失恋男が答える。「そりゃあすごい可愛い子だろ」『白須賀《しろすが》とか？』『可愛いけど愛想ないじゃん、あいつ』『渡が白須賀と話してるとこ見たことある？』『あー、ねーな』『俺、この前無視された』

なにやら俺を置いて二人で盛り上がっていると、さっきから黙って椅子に座っていた三人目がぽかんと口を開く。吠えない柴犬みたいにおっとりしたやつだ。

「……菫野《すみれの》さん。とか？」

その名前が出ると、男子たちは一斉に黙り込んだ。

俺がそこそこ好青年に徹しているのは、真の好青年の器ではないと自覚しているからだ。

俺が生まれ持った器はお茶碗一杯程度であり、好青年に必要なものすべては収まらない。

もしそれらを押し込める器を持って生まれた存在がいるのなら、それは彼女なのだろう。

菫野澄花《すみか》――。

この高校のすべての生徒が彼女を知っているわけではないが、少なくとも自分の立ち位置を気にする生徒なら一度は彼女の名前を暗唱することになる。

試験後に発表される成績上位十名に毎回必ず入っている、彼女の名前を。

「学年代表が必要なイベント、だいたいあの人が選ばれるよな。断らないとか偉いよな」

「数学の陰険谷崎《たにざき》もあの人には敬語で話しかけてるんだって」

「勉強だけじゃなくて運動もできるらしいし住む世界が違うよな」

「ああ。というか物理的にな」

「それな。同学年でもあっちは第一校舎、こっちは第二」

「あんな可愛い人と一緒に勉強できるなんて羨《うらや》ましいよな、A組のやつら」

「家の仕事手伝ってんだっけ？」

「そうだな」と俺は口を挟む。

「家業を手伝いながら成績はいつも学年上位だし、どうやってんだろうなって思ったら早起きして友達と勉強会とかしてがんばっているんだってな」

言い終えると、居心地を悪くさせる三人の視線が俺に突き刺さってくる。

「なんだよ？」

「なにその情報」

「え？　……いや噂《うわさ》で聞いただけで……」

「渡？　お前まさか菫野澄花を狙ってんのか？」とお調子者。

「は？　まさか、そんなわけないだろ」

「じゃあなんで詳しいんだよ」

「噂が届いてるってみんなもうなずいてただろ」

「接点ない子に告っても怖がられるだけだからやめとけよ、静一郎？」と失恋男。

「バカ言え。……俺にあの人は恐れ多いよ」

「あ、それな！　なんか違うよな、菫野さんは！」

お調子者が合いの手を入れてくれた。

おそらくここにいるやつらにとって話題にしようとしていたのは同じクラスの女子であり、手の届かないところにいる優等生などどうでもよかったのだ。

「ごめん、変な話振っちゃって……」とおっとりしたやつが言う。

「こいつらの頭を冷やすいい薬だ」

俺は言う。いつもの馬鹿話とは違ってちょっと空気が変わったのは新鮮だが、ひやっとした。今日は会話に失敗しやすい日なのかもしれない。それにいい時間だ。教室の時計を見てから椅子に置いていたカバンを手に取る。

「悪い、もう手伝いの時間だ。帰るよ」

「あー。世話になってる家のやつ？」

「そう。バイト代も出るからサボれない。また明日な」

「そっかまたな」

「じゃあね静一郎！」

おっとりしたやつが手を振ってきた。良くも悪くも空気が読めないやつだから心配は無用。

「おう」と軽く手で合図して俺は教室を出た。廊下の冷たい空気が襟《えり》から入ってきて、俺は灰色のコートの前を閉めて襟元《えりもと》を正す。

それでも生理的な現象はどうにもできず、首を縮めて一度震えた。

◇

昨今の異常気象で北国の冷たい空気が関東まで押し込まれているとか。おかげで天気アプリで見た週間予報では雪マークがちらほらと見えていた。

いまいましい。どんなにカッコつけても寒さだけは無理な俺は、いつも電車の待ち時間を最小で済ますように生活している。たまにタイミングを間違うことがあるが今日は成功する。駅のホームに下りると同時に電車が来て心の中でガッツポーズ。

電車のドアが開き、俺は空いているシートの前に立つ。

すぐに身体に慣性がかかり、電車が発進する。

今年の春に人生で初めて東京の近郊で暮らすことになって気づいたのだが、都心部でもなければ日本はどこでも車窓の景色が変わらない。家、家、ビル、ビル、たまに畑、である。見飽きた風景などどうでもよく、俺はスマホで興味を惹《ひ》かれるような記事を探す。そうして一駅、二駅と電車が進んでいくとやおら車内の客の姿も増えていく。

ふと腰の曲がったおばあさんが席を探していたので俺はなにも言わずにずれて空席を示す。おばあさんがよろよろと席に座ると同時に、ごうっ、とドアに風が叩《たた》きつけられる音がして車体が軽く揺れた。

俺はよろけてしまい、体勢を立て直そうとした。

すると車両を繋《つな》ぐ貫通扉の窓越しに、隣の車両の光景が目に入った。

そこにいた一人に注意を引き付けられてしまう。

噂をすればというやつか。

菫野澄花。

彼女は車両三番目のドアの近くに立ち、外の方を見ていた。

俺は少しの間、彼女から目を離せないでいた。

小柄な体格。しっかりと正しく着こなすブレザーの制服。清らかさを感じさせる長い黒髪。しなやかに伸びる背筋《せすじ》。

その姿と評判から声をかける男子が多そうなものだが、そうでもないらしい。下心が見透かされると思っているのだろうか？　まあ、嫌がる気持ちはわかる。

そしてそれでも勇気を出した者は彼女の友人たちに阻《はば》まれるという噂だ。

まあともかく、噂に過ぎない。

今日は一人なのか？

奇遇だな。

……なら一応、声をかけとくか……。

俺は車両を移るべく歩を進める。

二枚ある車両間の貫通扉を一枚開けた。普段は使わないのでやけに重く感じる。もう一枚も開ける。途中で気づく。

他の人影でわからなかったが菫野さんの周りには同じ制服の女子が三人いた。友達と乗っていたのか。にこやかに会話をしている。

俺は慌ててドアを閉め直そうとする。

するとカーブに差し掛かった車両が、ガタン、と揺れる。俺は大きく身体を傾け、ドアノブを離しそうになる。ここでノブを離せば勢いよく動いたドアから大きな音がして、菫野さんとその友達に気づかれてしまう。俺は必死に堪《こら》えて、渾身《こんしん》の力で姿勢を戻す。

そんな中、ドアの隙間《すきま》から向こうの車両から声が漏《も》れてくる。

「優等生の澄花は、――そんなのなさそう」

「やめなよ、澄花ちゃんだって怒ることある――」

雑音に紛れた彼女たちの声だ。なにを言っているのか。脳が反射的に雑音を日本語に変換しようとフル稼働する。

「じゃあ澄花」

誰かが菫野さんを呼ぶ。

「澄花、好きな人いる？」

ドキリとした。盗み聞きは気が咎《とが》めるが、電車というパブリックな場所で話しているなら盗み聞きではないのか、と好奇心が言い訳をする。

いいやダメだ。少なくとも彼女たちは同じ高校の男子に聞かれてるとは思っていないし、俺ごときに聞かれていたとすれば嫌悪感を示すだろう。

ここは引くべきだと、誰にも評価されないであろうが俺の八割の部分が唸《うな》る。

しかし現実は無情だ。

彼女の声を俺の耳が捉《とら》えた。

落ち着いたトーン。理性的な響き。

ガタンゴトン――。電車の走行音に紛れながらハッキリと聞こえた。

「E組の――」彼女は俺のクラスを指定し「静一郎くん」。

ガシャン――。

けたたましい音を立てて俺の手を離れた貫通扉が開く。

彼女は振り向いた。――かもしれない。

そのときの俺は扉を離し、無我夢中で反対方向に逃げて行ったから彼女がどうしてるかなどわからなかった。

火照《ほて》ったように頰《ほお》は熱く、心臓が早鐘を打つ。冬だというのに額から汗が滲《にじ》み出す。

必死に動かしている脚も腕も感覚を失い、それでも逃げ続けた。

気づいたときには最後部車両にいて、降りるべき駅を乗り過ごしていた。

◇

朝の予報にはなかった粉雪が舞い落ちている。

髪の毛に冷たいものが当たっている感触はあったのだが、気にする余裕がない。

電車を引き返して十分遅れで地元の駅にたどり着き、そこから家路をたどるなかずっと脳内は壊れた玩具《おもちゃ》みたいに同じ言葉を繰り返していた。

まずい、まずい、と――。

違う。菫野さんが俺に？　そんなわけ――。

〝静一郎くん〟

彼女の聞き心地のいい声がリフレインする。

頭の中が雪もかくやの真っ白な状態だ。

品行方正、成績優秀、温厚篤実《おんこうとくじつ》。高校の秀才の一角に好かれていたのならば喜ぶのが普通のはずだが、いまの俺は判決を受ける前の容疑者のような気分になっていた。

気づけばとある家の玄関の前にいる。

玄関と言っても店舗兼住宅なので、勝手口と言ったほうが正しいのかもしれない。

どうやってここに帰ってきたか覚えてないくらい俺は錯乱していた。

このドアを開けたくない。

だがもう家の手伝いの時間が迫っている。乾いた口で深呼吸し、冷たい空気が肺を満たす。

体温が下がるとわずかに冷静さを取り戻し、俺はドアをゆっくりと引く。

ほら俺の嫌な予感は当たるんだ。

本当に、偶然に、たまたま彼女が勝手口から繋がる廊下を通りかかった。

「あ、おかえり、静一郎くん」

菫野さんが立ち止まり、俺の姿を見るや微笑《ほほえ》む。

その名にふさわしく、道の傍《かたわ》らで静かに咲く菫のようだ。儚《はかな》げだが、どこか力強い。

この状況は異常事態ではない。

玄関にはちゃんと菫野という表札が掲げられているし、彼女の住民票はおそらくここになる。

そして俺が学校に届け出ている住所もここで間違いない。

つまり俺は彼女と同じ家で生活している――。

彼女が不思議そうに目をぱちくりとさせて、目尻側に伸びた長いまつげがつられて動く。

このまま突っ立っていると、なにかあったと思われてしまう。

「静一郎くん？　……そういえばいつもより遅いけどなにかあったの？」

「いや電車に乗ってたら寝過ごしちゃったんです。ほら椅子、あったかいですよね」

「あー、電車の揺れって気持ちいいもんね。ガタンゴトンって揺れるの」

話題と一緒に咲き誇るように笑ったと思いきや、すっと真顔になる。

「調子悪いとか？」

「……だ、大丈夫。昼寝できましたから」

「本当かなぁ？」

彼女が小さく首を傾げた。丁寧にとかされた長い黒髪は重力に従ってまっすぐに垂れ、甘い匂《にお》いを放つ。

彼女はゆるやかに近づいてきた。玄関の下と上に分かれているから、小柄な彼女と俺の視線の高さがいまは同じだ。

彼女の大きな瞳《ひとみ》は光を反射して、虹彩《こうさい》が不思議に輝いて見える。視線が吸い込まれてしまいそうで目のやり場に困るものの、目を逸《そ》らすのも動揺が伝わりそうで怖い。

なんとか返事を選ぶ。

「疑う余地あります?」

「敬語」

「はい?」と俺は意味がわからず聞き返す。

「ほら、夏休みの約束! 仲良くなるためにお互いに敬語はやめようねって決めたでしょ?」

「あ、すみま……、ごめん……」

動揺して、いつの間にか出会った頃の感じで話してしまっていたのか。いまだに慣れないところはあるけど、約束してしまったものは仕方ないが、しかし――。

「よし、じゃあ、熱あるかみるね」

すっと菫野さんの手が俺の額に向かって伸びてきて焦《あせ》る。

「いや店に出る前に体温計で測るから！　そんなんしなくていいから」

「いま知りたいの！」

「自室に戻ったらすぐ測るし、一分も二分も変わらないだろ」

「いつまでも懐かない家猫《いえねこ》には構いたくなるの」

「なんだそのたとえ、触りたいだけかよ！」

なぜ俺と仲良くなろうとするのか。

居候《いそうろう》相手なんかとは距離感があったほうがいいもんじゃないのか？

にじり寄ってくる菫野さんだったが、俺は隙を見つけて動く。

「た、ただいま！」

「あ！」

俺は靴を一瞬で脱いで下駄箱《げたばこ》に突っ込んでから、階段を駆け上り自室へと逃げた。

暗い部屋で閉めた扉にもたれかかる。

電車でのことを正直に菫野さんに言うのははばかられるだろ。

いま額に手を触れられていたら熱があると勘違いされそうなくらい俺の顔は火照っていた。

頭の中では、俺の名前を告げる菫野さんの優しい声色が何度目かのリフレイン。

俺の肩に積もっていた粉雪がフローリングの床に落ちてゆっくりと溶け始める。

一章

菫野澄花の狼狽

我が校が誇る優等生、菫野《すみれの》さんのエピソードで印象に残っているものがある。

その日は三年生が修学旅行に出ていて、全校集会での挨拶《あいさつ》を二年生の副生徒会長が行うことになっていた。しかし副会長も折り悪く感染症にかかって欠席。

困り果てた教師たちが代打を頼んだのが、一年生でありながらすでに優秀さが知れ渡っていた菫野さんだった。

三十分前に打診されたにもかかわらず、彼女が動じることはなかった。

「いつも先輩たちの挨拶を聞いているので大丈夫です。お困りなら任せてください」

そして彼女は堂々と生徒たちの前に立ち、季節を交えたスピーチを三分間、つっかえることもなく流暢《りゅうちょう》におこなった。

このエピソードの大事な部分はこのあとだ。

彼女の挨拶が終わると図書副委員長の女子が出てきた。その副委員長は図書室の利用についていくつか報告しなければならなかったのだが、三年生の代理ということで緊張してしまい、壇上で喋《しゃべ》れなくなったのだ。

副委員長が喋らないので間が空き、異変に気づいた生徒たちからくすくすと笑い声が漏《も》れ出したのも緊張に拍車をかける。

副委員長が石化したように硬直してしまい、教師が動こうとしたときだった。

会場全体にマイクのハウリング音が響いた。

犯人探しとばかりに皆が右往左往していたら、「すみません」とスピーカーから菫野さんの声がした。嘲笑を注意してしまえば逆に副委員長が緊張していることを公言するに等しい。だから菫野さんはマイクを叩《たた》いて注意を引いたのだ。

それから菫野さんは「スピーカーと繋《つな》がってるマイクをわたしが持っていってしまいました。失礼しました」と壇上に近づき、副委員長とマイクを交換する。

そのとき菫野さんがどんな魔法をかけたのかはわからなかったが、直後の副委員長はなにごともなかったように報告を終えた。

この一件はしばらく生徒たちの議論の的になった。菫野さんが本当にミスをしたのか、それとも副委員長を助けるべく泥をかぶったのかどちらかなのか、と。

俺は澄花さんがマイクを持って降壇したとは思えず、副委員長のために予備のマイクを持ってきたんだろ、と野暮《やぼ》にも本人に確かめてみた。

「えー？　わたしのミスだよ。静一郎《せいいちろう》くんも疑《うたぐ》り深いなあ」

「じゃあマイクを渡すときに副委員長と話してたのは？」

「自分と他人の間に透明な壁を想像すると安心しますよって言ったの。わたしの緊張緩和術。余計なお世話だったかもしれないけど、わたしも急な登壇ですっごい緊張したからね」

「菫野さんでも緊張すんだな。不思議だ」

「そんなことで不思議がられても困るんだけど？」

他人を思いやる素敵な立ち振る舞いができる菫野さんから好意を抱かれている、らしい。

普通の男子高校生なら舞い上がってしまいそうになるだろう。

そもそも俺のそこそこ好青年とは、諸事情により同居することになった菫野さんにキモがられないようにしようとしたのが発端である。それが功を奏したのなら俺は喜んでいいはずなのだが、俺にはいまいましくもそうできないワケあった。

◇

俺は自室のクローゼットに学ランを押し込み、仕事用の制服に着替える。

制服はウェイターをイメージしたときに最初に出てくるような王道なもの。白いシャツと黒いパンツ。腰から下を守るサロンエプロン。フォーマルな感じの服ではあるが着てみるとパンツの両脇《わき》がゴムになっていたり、動きやすく素早く着替えられる。

ふとクローゼットの扉に取り付けられた鏡を見る。笑おうとしてもぎこちないが、あいにく顔はこれ一つしか持ち合わせていない。

俺は鬱々《うつうつ》と自室を出る。

廊下には電気はついていないが、奥の窓から光が斜めに差してきていた。窓は古くて長年積み重なった汚れが落ちきらず、透過する光は少し滲《にじ》む。

菫野家で割り当てられた俺の自室は二階にあり、ちょうど菫野さんの部屋と正対しているおかげで、同じ仕事をしていると鉢合わせすることがよくある。

いまみたいに。

「「あ」」

内開きの自室の扉を開いた彼女は俺と出くわして目を丸くしたが、すぐに微笑。

菫野さんも制服姿だ。

エプロンと黒いベストに膝《ひざ》までのスカート。学校の冬制服ではわかりにくいものが大きく見える白いブラウス。その胸元《むなもと》には小さなリボン。

白と黒の飾りけのない制服は、飲食店にとってのもっともらしいフォーマルでパリッとした衣装のはずだが、彼女が着込むと楚々《そそ》としたイメージを加速させている。

いまは髪をポニーテールにまとめていて、それもまた彼女の明るい雰囲気に似合っていて目を奪われそうだ。

「まただ。今日は気が合うね」

彼女は照れ隠しの笑顔を見せる。

もともと血管が透けて見えそうな色の肌がうっすらと紅潮している。しっかり身なりを整えていても、そんな体質のため心の動揺を隠しきれない彼女が楽しい。

いや、心の中くらいでは、はっきり言いたい。可愛《かわい》い。

俺は動揺をさとられないよう、ぎこちない顔をスライムみたいに溶かして笑顔をつくる。

「ここに来てから長いからね」

「たしかに静一郎くんはうちの大ベテランだもんね」

「ベテランってほどは勤めてないだろ。おじさんに連れてこられてから半年と二ヶ月だよ」

「でもうちに来て、コーヒーのことは俺に任せてください、って言った静一郎くんは、まさにベテランって感じだったよ」

「そんな恥ずかしいこと言ってないと思うけどな」

「言ったよー。うちの店はそれで困ってたから、あのときの静一郎くんがヒーローに見えたよ。静一郎くん、かっこよかったなあ」

こんなの褒め殺しだ。いつもみたいにからかう感じでキャッチボールしなきゃいけないのに、電車の件があるから俺は反応に困っていた。

「友達にも自慢したいくらいなんだけどなー」

菫野さんはニヤッとしていて明らかにからかっている。気の利《き》いた返しが思いつかなくて悔しい。

「同居してるなんてバレたら、変な噂《うわさ》を立てられて困るだけだろ」

「立つかな、噂？」

「立つね。間違いなく。しかもそれが生徒の間だけで留《とど》まればいいけど、保護者にでも知られれば……」

「知られれば？」

「保護者会経由でおじさんの耳に入ってあらぬ誤解を受けかねない！」

それだけは避《さ》けなければならない。

「ねえ、もしかしてお父さんになにか言われてるの？」

「なにかって？」

「ほら、世のお父さんが言いそうなこと。娘に近づくなー、とかそういうの。お父さん、たまにうんざりするくらい心配性だからなあ」

「おじさんは菫野さんが大切なだけだよ」

「じゃ、じゃあ仲良くするなって言われたの？」

彼女はそれが一番気になっているとでも言外に言っているようだ。

「いや、あのおじさんだぞ。そんな器の小さいことは言わないよ」

「大雑把《おおざっぱ》なだけだよ、うちのお父さん。そもそも静一郎くん連れてくるときだってギリギリまで男の子だって言わなかったからびっくりしたし」

あれは今年の三月だった。

家族のことでいろいろあって行く先をなくしていた俺のもとに菫野のおじさん、――つまり菫野さんのお父さんが現れ、俺の身柄を引き受け、自分の家で暮らさせると言い出した。

〝俺はな。静一郎、お前の蒸発した親父、新田《にった》の義理の兄弟みたいなもんだ〟

母の旧姓である渡《わたり》を名乗っているいまの俺にとって新田という名前は懐かしい響きであり、そして胸糞《むなくそ》悪いものだった。

最初は親戚なのかと思ったが。

〝いーや。新田とは師匠筋が一緒なだけだ〟

師匠、すじ？

〝業界でな〟

俺は首を傾《かし》げていたと思う。父はバリスタだったし、同業者なのか？　菫野なんて名前、聞いた覚えがなかった。

〝これから行くのは俺の義実家でな、そこでは家業として喫茶店をやってる〟

そこでおじさんを手伝えってことですか？

〝たしかにお前が新田の息子ならコーヒーの腕には期待してる。でも想像してるのとはちょっと違う。店はうちの娘が一人できりもりしてるんだ〟

おじさんがごほんと咳払《せきばら》いをして神妙そうな顔になっていたのを覚えている。

〝ちなみにな、高校生な〟

え？　娘さんって高校生なんですか。

〝ああ、しかもめちゃくちゃ可愛《かわい》い。親の贔屓目《ひいきめ》なしでも絶対だ。……そんな娘のいる家にお前を住まわせる〟

おじさんはふるふると涙目だった。

〝いいな、澄花《すみか》には絶対に手を出すな！　もし無責任に手を出したらお前を殺して俺も死ぬ！〟

菫野のおじさんはサーファーのような短い髪と健康的な褐色の肌の持ち主であり、なによりもマッチョだ。それが高そうなスーツに身を包み、涙目で怒鳴るのだ。

俺は内心、ドン引いていた。

〝そもそも事情があって俺は普段家にはいないから余計に心配で……〟

じゃあ俺を引き取らなければいいでしょ。

〝うるせえ、こうしないと俺の気が収まらなかっただけだ！　お前が我慢すれば万事丸く収まる！　いいな、娘には優しくしろ、仲良くしろ！　でも惚《ほ》れるなよ！〟

菫野のおじさんは俺に住む場所も、学ぶ機会も、金銭を稼ぐ術《すべ》も提供してくれた。だから俺は、菫野家の人たちとは絶対に誠実で良好な関係だけでいようと思っていた。

おじさんの言うような好意を菫野さんに抱くなんてとんでもない。

不義理はしない。

「おじさんを悪く言うのはやめよう」

「そんなにかしこまる必要ないと思うけどな」

「俺はいうなれば餓死寸前だった元浪人。おじさんはそんな俺を召し抱えてくれた主君みたいなもんだよ。不興は買うまい。いつかは恩をお返しできればと日夜思っている」

「堅いなあ。静一郎くんはもう家族同然なんだからそういうのいらないよ」

そう言われても俺にとってはそれが真実なんだからどうしようもない。とはいえ菫野さんの思いやりを無下《むげ》にするのも気が咎《とが》める。

「来たのが女子高生じゃなくてどうもすみません」

「あ、からかってる！」

たまにはふざけないと高校生同士の会話として変だからな。

近すぎず遠すぎず、遠慮をするなと言われてもあくまで同居人。他人ではないけど家族扱いに甘んじてはいけない。この微妙なバランスをとるために八ヶ月もかかったのだ、いまさら失敗するものか。

菫野さんはむうと胸を突き出して腰に手を当てるが、すぐに首を傾げた。

「どうかした？」

「ん？　ええと……、なんだか静一郎くん、言葉遣いは普通だけど昔みたいになってない？

なんていうか出会った頃の愛想笑いっていうか……。いまは学校でも店でもないよ？」

「い、いや違う、違うって！」

どきりとしながら掠《かす》れた声を出す。

「動揺だね？」

「ほ、ほら！　き、期末試験までもう一ヶ月切ってるだろ？　考えてたらちょっと緊張しただけ、ほんとにそれだけ！」

「いまから緊張は早くないかな？」

我ながら下手な言い訳だ。

「ま、まあちょっと懸念点をいくつか抱えてて。……学力的な意味で」

彼女は肩をすくめて息を吐く。

「それはがんばらないとダメですな！」

菫野さんは納得してくれた、のか？　とにかく俺も普通のトーンに戻す。

「……カンニングでもしますか」

「ダメだよー、ずるしてたら、ずるできなくなったときに辛《つら》くなるんだから」

「まあ、真面目《まじめ》に勉強するって」

「それが一番」

彼女がなにかを思いついたみたいに顔を上げる。

「もしかして、店のお手伝いの時間減らしたほうがいい？」

「そこはぜんぜん大丈夫。給料が減っても困るし、編入試験をパスした俺を信じてくれよ」

「うちの店の優秀なスタッフの赤点の危機は見過ごせないけど、静一郎くんってやるときはやる人だからね」

「学年一、二を争う優等生に言われてもな」

「わたしは優等生なんじゃなくて、みんなに支えられて立っているだけの若輩者です！」

「お、優等生的発言！」

菫野さんがふとポケットのスマホを見る。時刻を確認したようだ。

「それより、透乃《とうの》さんももう休みたいだろうし早く下りよ！」

「あ、まずい！　絶対に嫌味言われる！」

彼女が早足で側《そば》の階段を下りていき、俺もあとに続く。この家の階段は勾配《こうばい》がきつめでたまに怖い。彼女に気を取られているので注意して下りる。

揺れる彼女のポニーテールに、まとめきれなかった短い髪が浮かんでいた。

◇

菫野家はスミレという喫茶店を経営しており、自宅は店舗建住宅になっている。

一階の一部と二階が住宅で、残りが店舗。

もともと八十年代の喫茶店ブームに開業したので、内部は何度か改築を繰り返している。店内は古き良きモダンな喫茶店という感じだが、裏は設備が新しかったり古かったりと入り組んでいて、さながらウィンチェスターハウスと化している。

実際、店舗と住宅を繋ぐ渡り廊下は、古民家の土間を思わせるような古いものだが、天井《てんじょう》に張り付いた照明はLEDに置き換えられていた。

仕事用のシューズに履《は》き替えて渡り廊下を進む。バイトの更衣室と倉庫にも繋がる廊下をまっすぐ進むと喫茶店のキッチンに出る。

「お、やっと来たね店長。おかえり」

キッチンで一人の女性が出迎えてくれた。

俺と同じくらいの背丈。手足がすらりと伸びたスタイルはモデルのよう。豊かな胸のあたりまで伸ばした髪は軽くまとめ、その色は赤みがかった茶髪でどこか挑発的なロックンロール。

伊吹《いぶき》透乃さん。いまどき歳《とし》は秘密だと言っていたがおそらく二十代後半。菫野さんが留守にしている間、店を切り盛りするベテラン従業員だ。

「ごめんなさい、透乃さん。遅れちゃった」

「いいよ、澄花。お給料に付け足しといてくれるならね」

「現物支給でよろしく！　今日のお夕飯は豪勢に行こうね！」

「どうせまかない飯じゃないのー？」

「そこにビールがあれば？」

「それは悪い大人のあしらい方だぞ」

透乃さんは肩をすくめて降参したように半笑いだ。そんな会話をしながらも透乃さんの手はテキパキと動き、作っていたサンドイッチを二つに切り分けて皿に盛る。大雑把な性格だからたまごサンドの具が少しはみ出していた。

「透乃さん、お疲れさまです」

「静一郎もおかえり。ちょっと遅かったけど澄花といちゃついてたの？」

「世間話です」

「ふーん、学校はどうだった？」

「ぼちぼちですね」

透乃さんが切れ長な目をぱちくりとさせる。値踏みされているようで嫌な予感がした。

「なんかいいことでもあったの？　いつもと感じ違くない？」

ぎくっとしていると、菫野さんが食いついた。

「そうだよね。なんか違うよね！」

「これは女子に告白でもされたな、静一郎」

「えっ、嘘《うそ》！　そうなの？」

菫野さんがびっくりしたような声を上げてこちらを見る。

どういう意味のリアクションかわからずに俺は驚いて目を背《そむ》けてしまう。

透乃さんがそっと側に近づいてきた。黙っていれば完成した大人の女性みたいな見た目なんだが、難のある性格から俺はこの人にときめいたことは一回もない。

「どうなんだよ、静一郎。先輩にこそっと教えなよ」

「仕事と関係ないのに先輩風吹かせないでください、うざいですよ」

「ばか。喫茶スミレの先輩じゃなくて、恋愛の先輩としてだよ」

「ますますうざいわ！　まったく！　あとはやるんで透乃さんはさっさと休んどく！」

俺はキッチンに貼《は》ってある伝票を確かめる。

「あ、サンキュ。三番。ハムサンドセット。ブレンドね」

透乃さんは引き際を弁《わきま》えているのかと思えば、後ろで菫野さんとこそこそ話し出す。

「あやしいよね、静一郎」

「必死だよね、静一郎くん」

というか、なんでそんなに菫野さんは興味津々なんだ。

俺にあの発言を聞かれたのを知らないとはいえ、こういうのって触ってほしくないデリケートな部分なんじゃないか？　わからない。なにかおかしい気がする。

妙に引っかかる部分があったのだが、いまはコーヒーを淹《い》れる時間だから集中する。

スミレの歴史は、日本のコーヒー史とともにあると言っても過言ではない。

いまは訪れる客層が広く、コーヒー以外の注文が多くなっていても、スミレの一枚看板がコーヒーなのは変わらない。

それがたとえ、開店時からコーヒーを淹れ続けた先代店長が急逝《きゅうせい》し、現店長の菫野さんがとある事情からコーヒーを淹れることができなかったとしてもだ。

冷蔵庫を開け、水を張った密閉容器の中からネルフィルターを取り出す。見た目は湿った布マスクのようだが、広げるとすり鉢型の袋になる。これにコーヒー粉を詰めてコーヒーを抽出することをネルドリップという。

人間二人が避《よ》け合ってギリギリすれ違えるくらいの狭いキッチンを動く。

さすがに仕事が始まったので透乃さんは退散し、菫野さんはマスタード抜きのハムサンドを作り始める。蒸したパンに、バターとマヨネーズを塗ってハムとレタスを挟む。盛り付けるために皿を取ろうとして、彼女が俺の側を横切る。甘い匂《にお》いを感じた。香水やシャンプーではないけど清潔感のある甘い匂いだ。

落ち着け、と俺は頭を軽く振る。

ネルドリップは昭和の喫茶店ブームに流行《はや》った手法だ。

まずサーバー内を湯で満たして温《あたた》める。それからサーバーの湯を捨て、挽《ひ》いたばかりのコーヒー粉をセットしてお湯を垂らしていく。

するとネルフィルターに収まったコーヒー粉がホットケーキみたいに膨らんでいく。焙煎《ばいせん》から日が浅い鮮度の良い証《あかし》だ。花が咲くのを観察するみたいに、この瞬間はいつも楽しい。

ケトルから垂らしたお湯がコーヒー豆の成分を吸収してサーバー内にコーヒーが出来上がる。

コーヒーをカップに移し、ソーサーにのせ、キッチン台のトレーに置く。

カップを満たす褐色の液体から香ばしい匂いが漂う。

菫野さんがサンドイッチを盛りつけた皿を持ちながら、コーヒーに近づく。

「うん、やっぱり静一郎くんのコーヒーはおばあちゃんのコーヒーと同じ香りがするね。いいなあ、こういうコーヒー淹れられるの」

「同じ豆を使っているなら香りは変わらないだろ？」

「でも他の人たちが淹れるのとは違う気がする」

「味がわかってないのに？」

「む？」

彼女の整った眉《まゆ》がひそめられる。

「だから静一郎くんがいないと困るの！」

「一応、そのために連れてこられたようなもんだしな」

菫野家に来たときのことだ。

スミレで働くため、おじさんと菫野さん、透乃さんにコーヒーを振る舞ったのだが、菫野さんはすぐに手を付けてはくれなかった。

　突然同居人としてやってきた俺が気に入らないんだろうなと思ったものだが、実際は違う。

　菫野さんはもじもじとしてから、申し訳なさそうにこう言った。

〝あ、あのね。コーヒー淹れてもらって、その、恐縮なんですが……。わたし、コーヒー飲めないんです……〟

　と——。

　そのセリフを聞いたときの俺の顔は、さぞかし愕然《がくぜん》としていたことだろう。

「わかってて言うんだからー、いじわるー」

「ごめん。それより冷める前に持ってって」

「はーい」

　不貞腐れた顔の彼女は出来上がったハムサンドとコーヒーをトレーの上に並べ、すぐ営業スマイルに戻って三番テーブルに配膳しに出た。

　店内は明るく、並ぶ赤いソファに、壊れれば最新設備に買い替えたほうが安上がりな回転扇が三機回るような、レトロな雰囲気。

　三番テーブルは窓から遠いがエアコンが近くて暖かい席だ。

「ナカムラさん、今日もありがとうございます！　お膝の調子、今日はよさそうですね！」

「そーなんだよ、澄花ちゃん！　いい整体師見っけてさ！　またスミレのコーヒーを飲みに行けるって思って飛んできたんだよ！　ほら家で一人でインスタントを飲むと味気ないし、最近はスミレも調子いいもんな！」

菫野さんが対応すると、常連さんも顔を綻《ほころ》ばせる。しばらくの談笑。先代の頃から通う常連にとっては優しい孫のような存在。それが菫野さんの役目でもある。

◇

しばらくしてディナータイムが始まると慌ただしくなる。

スミレのフードメニューはレトロなカフェらしく洋食がメイン。しかも毎日通っても二週間近くは同じメニューを頼まなくて済むくらい種類が豊富だ。そして価格は黒船のようにやってきたコーヒーチェーン店よりも安く、食べ応《ごた》えもあってか食事どきは激混みする。

透乃さんも戻ってきてキッチンもテーブルもフル稼働。

それでも、忙しくしている合間に、どうしてもさっきの疑問が頭をよぎってしまう。

普通に考えて自分が好きな相手に、ライバルがいるかもしれないのは嫌なんじゃないか？というか……、本当に菫野さんは俺に好意を抱いているのか？　いまだに信じられない。俺のどこが気に入ったんだ？

そこそこ好青年に騙されているのか、友人たちからは恐れ多くも女子ウケが良いという評価を受けているが、客観的に見て俺よりイケメンで女子の噂になってるやつは学校にはそれなりにいる。

そもそも菫野さんの判断基準はそういうところではないと確信がある。だからといって俺を好きになる理由も特に見あたらない。俺はそこまで自分を高く評価する気にはなれない。

などと考えていたらトラブルが起こった。

「いつまで待たせるんだ！　コーヒーはまだか！」

客の一人が菫野さんに向かってクレームを付けてきた。

「せーいちろー、まだー？」

俺は気持ちだけは大急ぎでコーヒーを淹れているのに、キッチンで調理している透乃さんが横目で急《せ》かしてきた。

「馬鹿《ばか》言わないでください、抽出時間が短いとうすーいコーヒーになっちゃうでしょ」

「でも怒ってるしー」

「……くそ、一分一秒を惜しんだのを後悔するくらい美味《うま》いコーヒーを飲ませてやる」

「あら、冷静な対応。接客業が板についてきたねえ」

コーヒーを抽出する時間が長すぎるとえぐみが出て、短すぎると深みが出ない。俺はどんなときでもいつもと変わらない速度でコーヒーを淹れる。たとえそれが、菫野さんがぺこぺこ頭を下げている間でもだ。もちろん気分は良くないから淹れ終わると最速でコーヒーを持っていく。トレーを片手に俺が近づくと、菫野さんがごめんとウィンクしてきた。俺は「申し訳ありません」と声量を落とし、「スミレブレンドです」とお出しする。

「先代の味に近いって聞いてきたんだ」

「どうぞお楽しみください、とっても美味しいと評判です！」

クレーマー客のぼやきを澄花さんが拾ってしまう。

俺の営業スマイルもさぞかし引きつっていることだろう。

客がカップに口をつけてから唸《うな》る。おそらく苦みが味覚を刺激したあと、フルーティな酸味とわずかな甘みが豊かに舌を包む。スミレのブレンドはそういうブレンドだ。

それから客はあっち行けと手を振って合図した。

感想を知りたかったのだが、それで十分と澄花さんが促したので俺たちは退散した。

キッチンへの短い帰り道、菫野さんが俺を肘でつついた。

「さすがだね」

「なにが？」

「静一郎くん」

ん？　と電流が走る。

〝静一郎くん〟

店内は人の会話で満ち溢《あふ》れていて、あの電車のときと同じだ。俺は雑音と電車の走行音がするなかで、正確に菫野さんの声を聞き取れたのだろうか？

もしかして聞き間違いかもしれない。

だって菫野さんの態度はいつもと変わらないし、俺だって半年間、節度を守って距離を置いていた。この距離感で俺を好きになるほうがおかしい。そうだ、そうに決まっている。

クレームを収めた店内で、俺は妙に浮ついた気分で業務に戻った。

◇

それからはトラブルもなく看板をクローズにし、客がすべて帰るとやっと深呼吸。

「よっし、今日もお仕事完了！　お風呂《ふろ》入ってくるからあとよろしくー」

ここで一日中立ち続けていた透乃さんがしんどそうに引き上げる。わざと老骨ぶっているのかガチで辛いのかがわからない。透乃さんを見送ってから菫野さんが俺の前にやってきた。

「今日はごめんね。閉店作業の前にちょっと一息入れようか」

「ああ。なににする？」

本当に勘違いなら、俺が動揺するのは気持ち悪いぞ。変な挙動をしないで落ち着け、俺。

「お任せでお願い！　静一郎くんは？」

「いつものので」

俺はキッチンに入り、ガラスの容器《キャニスター》からモカを取り出す。ぬるい湯を温め直したあとまた適温まで下げ、挽いた豆からコーヒーを抽出した。

老舗《しにせ》にあってもピカピカに磨き込まれたカップにコーヒーを注《そそ》ぎ、カウンター席に着いていた菫野さんの前に置く。

「どうぞ」

「いただきます」

薄い湯気の立つコーヒカップ。

褐色の水面に映り込みそうなぐらい菫野さんはカップを覗《のぞ》き込む。

俺は菫野さんの横の席に座った。カウンターテーブルには菫野さんが用意してくれていたアイスティーのグラスが汗を流しながら鎮座している。

「なんだと思う?」

「モカだね!　コーヒーがただの豆ではなく果実であることを思い出させてくれるフルーティなこの香り!　歴史すら感じさせる深み!　行ったこともない砂と蒼《あお》い色に溢れた中東の暑い港に来たみたいだよ!」

「はいはい。正解です。ほんと鼻だけはバリスタ以上だよな」

「ふふん、鼻だけじゃないよ。わたしが舌も鍛えられているところを見せてあげるから」

なんとなくというか上司優先みたいな感覚で、菫野さんが先に手をつけるのを見守る。

彼女はカップを持ち上げ、口をつける。

そのあとの展開は俺には容易に想像できていた。

「にが……」

「やっぱ無理だよね」

彼女はお行儀悪く舌を出して、肩を竦《すく》めてぼそりとつぶやく。

「おかしいよね、喫茶店の娘なのに、コーヒー飲めないなんて……」

「嫌いなものを無理して飲むこともないだろ。コーヒー飲まなくても喫茶店の楽しみはいっぱいあるし」

「嫌いじゃないの！　豊かな色味も、こんがりとした香りも、存在も大好きなの！」

「そういうところがコーヒーの醍醐味《だいごみ》だよな」

「そうなんだけどね。苦みだけがわたしにはハードル高くって……」

「あーあー、せっかく美味《おい》しく淹《い》れたのに」

「ごめんね……」

「ちょっとからかっただけだから素直に受けとんな」

しまった、落ち込ませてしまった。菫野さんが肩を落とす。

「早く、透乃さんや静一郎くんみたいにコーヒー得意な人になりたいなあ……」

「ん？」

菫野さんのぼやきを訂正すべきか悩む。

別にそう思われていても問題はないけど、いま俺が抱えているちょっとした違和感を伝えるチャンスかもしれない。伝えても嫌がられないという信頼もある。

「いや待ってくれ」

「どうしたの？」

「俺もコーヒーは苦手だよ」

「え？」

菫野さんがただでさえ大きい目をひときわ見開いた。

「言ってなかったっけ？」

「えー、嘘だよね。またわたしをからかってるんでしょ？」

「嘘じゃないよ」

「醍醐味も語ってたし」

「客観的な意見だろ。パブリックイメージ」

「味見もしてるよね？」

「味見はするけど、逆に味見しかしてないだろ？」

「あ、たしかに休憩時間にコーヒー飲んでるところ見たことない！」

「だろ？」

ようやく信じてくれそうなので、俺はこれ見よがしにアイスティーを一口飲む。実際、俺はスミレでコーヒーをまともに飲んだことはない。気づかれていなかったようだが、休憩時間はだいたいいつも紅茶かココアでごまかしていた。

「うーん、でもコーヒー淹れられるよね？　すっごい上手だよね？　どういうこと？」

「味の良さはわかるんだよ。コーヒー好きの母親に鍛えられたからさ。飲むのは苦手だけど、淹れるのは得意ではあるっていうか。それが強みでおじさんにスミレに連れてきてもらったわけだし」

「あ、静一郎くんのお母さんの話、初めて聞いた！」

彼女がまた驚いた顔をしていた。これは聞いてもいいの？　の顔だ。菫野さんは知らないことを聞くとき、いつもどこかわくわくしたような顔をする。

「別に隠してたわけじゃないよ。コーヒー好きが高じて有名なカフェに就職した人ってだけ」

「へえー！　じゃあお父さんの話も聞いていい？」

「さあ。あいつのことはあまり覚えてないんだ」

覚えていないというか、思い出したくもないことだ。

少なくとも母さんにコーヒーを教わったこともあるし、嘘はついていない。

「やっぱり苦手なのって苦いから？」

「え？」

「コーヒー」

　ああ、そっちか、とほっとする。

「人生がほろ苦なのにわざわざ苦いものを飲んでどうするんだよ」

「それ苦手な理由なのかな？」

　うーん、と悩む。

「ブラックでも、ミルクと砂糖を入れても、飲み物としての完成度が高いから、飲むときに迷う感じが嫌……かな」

「それ、好きな相手を語る惚気《のろけ》みたいに聞こえるんだけど……」

「……それになーんかしっくり来ないんだよ」

「んん？」彼女が首をひねる。

「小さい頃は親のために。いまはお客さんのために淹れてるから、自分で淹れたのを自分のために飲むとなんか違うなって思うんだ」

「さっきから、それって苦手っていうのかな……？」

「あと胃が弱い」

　適当に言い訳を付け足す。董野さんが悪いわけではないけど、話したのを少し後悔していた。

　俺のコーヒーへの苦手意識は味や匂いが原因ではないから他人にはわかりづらい。

　そんなことを考えていると、董野さんが神妙な面持ちで口を開いた。

「静一郎くんが来てからレビューサイトの星がちょっと増えて嬉しかったんだけど、やっぱりわたしがコーヒーを淹れられるようにならないとダメなんだ」

「好評《星》が増えたならいいんじゃない？」

「だめ。店長とエースがコーヒー苦手な喫茶店なんて不健全。スミレを立て直すためにわたしがコーヒーを飲めて、おばあちゃんみたいに淹れられるようにならないと」

「そういうもんかね」

「ごめんね。苦手だろうけど練習には付き合ってね。静一郎くんだけが頼りだよ」

　俺は思わず噴き出す。

「コーヒー飲むのに練習って……」

「しょーがないのー！　喫茶店の店長が飲めないなんて恥ずかしいしー、お客様に出すものを味見できてないなんておばあちゃんに申し訳ないし！」

　おばあちゃん。

　菫野さんにとってその人がとても大事なことを俺は知っている。

「亡くなったおばあさんとの思い出の店を守るためなんだもんな」

「うん。お父さんとの約束だからね。お店を継ぐなら、赤字を出さないこと。学校の成績は落とさないこと。守らないとお店は閉店、即取り壊し。なら、常連さんに見放されないように万全を尽くさないとね」

俺はカウンター越しのキッチンの天井を見上げた。

半分電気を消した薄暗い中でも、長年の営業を物語るシミや汚れがうっすらと見える。

菫野さんも同じように天井を見ていた。彼女にとってはあのシミや汚れも、なにかの思い出があるのかもしれない。長年の努力と労働の結晶。

「それにね、わたし、コーヒー飲めないけど、好きなのは本当なんだ。香りがするだけでほっとするの。だから、味がわかったらきっと素敵だろうな、って思うんだ」

菫野さんは夢を語るようだった。

菫野さんがコーヒー好きなのはよく知っている。ドリップの様子をいつも楽しそうに眺めているし、知識量だってそのへんのバリスタ顔負けだ。嗅覚も鋭敏で、匂いだけで豆の種類を当ててくる。

だからこそ、俺は菫野さんに毎日コーヒーを淹れる。俺と違って、彼女はコーヒーを飲めるようになるべきだと思うから。いまの菫野さんはまだ、味覚が追いついていないだけ。

もし俺が彼女の夢を少しでも手伝えるのなら嬉《うれ》しいと思う。

「ご苦労さまです。今日はカフェオレにリメイクする?」

「静一郎くんがはなから準備してたのちょっと傷つきます」

「はいはい。立ちたくないんで、ごめんなさいねっと……」

俺はカウンターに置いておいたポットのミルクを菫野さんのカップに注ぎ、砂糖も投入する。

ソーサーのスプーンを借りて攪拌《かくはん》して、コーヒーをカフェオレに変化させる。

もとから菫野さんのカップにコーヒーは半分しか入れていない。これを彼女が一口飲んだからミルクとコーヒーの割合は六対四くらいだ。

菫野さんが一口飲み直す。

「まだちょっと苦いけど、甘くて美味しい……」

「舌がぽんこつすぎる」

「苦みに弱い舌は毒に敏感で、生物としては生存に有利な特性なんですー」

俺に見せるように眉をひそめつつ、カップを大事そうに持ち直して口をつける。出会った頃は、苦いのに敏感なのは甘い生活をしているからかと斜《しゃ》に構《かま》えた考えがちらついたものだが、彼女が店の責任を背負っていると知るとそんな考えはすぐに消えた。

彼女がカップから桃色の唇を離し、ふぅ、と息を吐く。

「……ねえ。営業が終わったあとのお店の寂《さび》しい感じっていいよね？」

「うん、いい。ノスタルジーって感じだ」

クラスの最後に下校するときの教室とか、夕方の公園とか、そういう類いのもの。音楽があるとなお良さそうだが、スミレの天井にあるスピーカーは壊れたままにしているらしい。

「この時間はほっとするよね」

「ああ、わかる気がする」

俺が同意すると、彼女が口を押さえてあくびした。

「菫野さんのあくびを見るのはレアな気がする」

「これでも優等生だから、学校と営業中は我慢してるんだ」

「変に気を使いすぎじゃない？」

「静一郎くんだって、わたしたちに対して変に気を使ってるよね？」

「そうでもないよ」

「ほんとかなあ？」

「信じられない？」

「ぜんぜん。静一郎くんとわたし、似てるところあるからね」

「どこが？」

彼女は笑う。

「内緒。……そろそろ閉店作業やろっか。このままだと一日が終わらなくなっちゃう」

彼女のコーヒーカップはいつの間にか空になっていた。

「まあ、うん……」

菫野さんは一つ間違えている。

リラックスしているように見えたのなら、それは俺が一つの結論を得たからだ。

俺は電車での一件が聞き間違いだと確信した。

俺が恋愛の機微を理解しているかは自分でも怪しいと思っている。だけど学校で見る片思い中の人間の行動は、他人から見るとわかりやすい。

今回は俺は当事者かもしれないけど、俺は客観的な視点を持てる人間のはずだ。

菫野さんの様子はいつもと変わらない。

間違いない。

あのとき俺は慌てていたし、他人の名前を勝手に脳内で自分の名前に変換していたのだろう。あの車両には他の客もいたし、いろんな音が交わって、それっぽく聞こえたのかも。

納得できるし、そして恥ずかしい。

俺の慌てっぷりときたら、やはり自分の器はおちょこみたいに小さいのだと確信する。

そうだ。それだけ。

菫野さんが俺に安らぎを求めるなんてそんなわけがない。

◇

「あいつ?」「あの澄花が言ってた、わたりせーいちろー」「顔は悪くないんじゃない?」「大事なのは顔じゃない、見てよあのひねくれてそうな顔!」「つまり顔だよね……」「ともかく、いま大変な澄花を助けられるやつには見えない!」

翌日の教室で俺は絶句していた。

始業までの短い時間にスマホをいじっていたら、なにやら女生徒の声が聞こえた。

教室の入り口の方からどこかで見覚えのある女生徒三人と、俺の友人であるおっとりした佐二《さじ》が覗き込んでいる。その視線は間違いなく呑気にスマホをいじっていた俺に注がれていた。

というか澄花って言った？　まさか、澄花さんの友達？

俺は石のように固まってしまった。

スミレにはたまに澄花さんの友達が来る。そういうとき俺はなるべくキッチンに隠れるようにしているのだが、彼女たちはそのときに見た女生徒である気がしてきた。

やがてチャイムが鳴ると女生徒たちは退散し、佐二が俺の後ろの席に戻ってきた。

「佐二、さっきのやつら、なんだ？」

「ええと、A組の女の子たちだと思う」

A組っていえば菫野さんのクラスだ。俺は震える。

「まさか俺を探してたわけじゃないよな？」

「え？　渡静一郎って誰《だれ》なのって聞かれて答えちゃった！　ご、ごめんね？」

絶対、あの電車でクソみたいな質問を菫野さんにしていた連中だ。

俺の気も知らないで、遊び半分で渡静一郎という男子の姿を確かめに来たのか……。

「静一郎の知ってる人たち？」

佐二が聞いてくる。

「いや知らない」

「そうなの？」

「佐二、さっきの子たちのことは黙っておいてくれ。あいつらに聞かれたら面倒だ」

「う、うん。わかった……」

佐二は口が堅いタイプなので一安心だ。

と思いきや友人の男子二人、お調子者の八弥《はちや》と、失恋男の洋司《ようじ》がこそこそと俺の周りにやってくる。

「おい静一郎、さっきの女子はお前を探してたんか？　なあ、なあ」

「どこのクラスの子たちだ、おい！」

いつも俺の隙を狙っているやつらが嗅ぎつけてきた。

「知らないよ、俺には関係ないし」

「嘘つかなくていいんだよ、せーいちろー？」『俺たちに恥ずかしがる必要ある？』

「だから知らないって、しつこいぞー。それより先生来んぞ」

これでも根は真面目なやつらだ。教師やルールを持ち出せば引き下がる。——と思っていたのだがアクシデントが起こった。

「ねえ」と普段、話すこともないクラスメイトの女子が声をかけてきた。

うちのクラスだとちょっと浮いた存在である金髪のぼっち少女だ。

「渡を探してたのってA組の子だよね？　A組に知り合いがいるの？」

タイミング悪っ、と思うまもなく、引き下がったバカ二人が戻ってきてしまった。

「おい、A組の子だったのかよ！」「どうりで菫野澄花に詳しいわけだ、知り合いがいたんだな！」『静一郎にも春が来たのか！』『おい、誰と仲良くなったんだよ、俺たちに教えてみ！』『怖がらずにプリーズ！」

割り込まれたぼっち少女は「あ、ちょっと」と抗議したが、二人の勢いに負けている。

「俺は自習するから黙っててくれ」

「んもー、照れちゃって！」

「このおませさん！」

二人の猛攻は教師が来る直前まで続いたが、慣れたものなのでやり過ごした。授業時間を守るその真面目さで、もっとデリカシーを持ってほしい。

というか待てよ。

つまり、あのとき間違いなく、菫野さんは俺の名前を出したということになるわけだ。

このままでは、菫野家にいられなくなるかもしれない。

俺は一人、頭を抱えた。

◇

その日の授業はまったくと言っていいほど頭に入らなかった。

幽体離脱したみたいに、精神が身体《からだ》から飛び出していた気がする。

幽霊のようにふらふらと菫野家に帰宅。玄関を開けると、菫野さんとまた鉢合わせになった。

「うおっ！」

「ど、どうしたの静一郎くん？」

驚いた俺に、菫野さんがなにごとかと近づいてくる。

「なんでもない！」

「え、でも……」

菫野さんはすでに喫茶店の制服姿だ。今日は髪を首の辺りでまとめて、ゆるいおさげにしていた。ストレートも素敵だと思うけど、そのふわふわな髪型は彼女の性格に似合っている。

「やっぱり変だよ、静一郎くん。なにかあったの？」

「いや……」

彼女は心配そうに首を傾げる。挙動不審なのを完全に疑われている。

話を切り替えようとしたところで、今日の彼女の髪型は好都合だ。

「そう、その髪型！　初めて会ったときもその髪型だったよな！」

あ、と今度は菫野さんが声を上げた。

「へー、覚えてたんだ。嬉しいなー」

鏡で確認するみたいに右へ左へ身体をひねって、俺に見せてくれる。彼女が動くたびにおさげが可憐《かれん》に揺れた。

「この髪型どう思う？」

「いいと思うよ」

変だと思われたくなくて、そつなく答えたつもりが声が裏返って恥ずかしい。

彼女が悪戯《いたずら》っぽくはにかんだ。なんでもされたいと思ってしまうような笑みだ。

「えへへ、静一郎くんに好きになってもらえるようにずっとこの髪型にしようかな？」

「そうですか。制服に着替えてきます」

俺は表情を無にし、玄関に上がって彼女の側を通り過ぎた。足早に奥へ進む。

後ろから声がする。

「なんてね！」

俺は階段を上る。タンタンタン。機械的な俺の足音が脳内に響く。

「なんてね！　って言ったからね静一郎くん！　聞いてる？　なんてね、だよ！　あと敬語は禁止だからね！」

なんだか慌てた声が脳の隅っこの方に木霊《こだま》した。

どうやらいまのは彼女なりのジョークだということはそのあと、延々と聞かされた。

しかし無意味だ。俺の精神は死を迎えた。

好きとか嫌いとかで人生ってそんなに左右されるものなのか？

そんなことを考えていたせいなのか、その日の営業時間にミスを連発した。

まずカップを一つ割った。五ヶ月ぶりくらいだったのでものすごいショックだった。スミレのカップは白に金の装飾が施されたものだ。俺でも知っているブランドのものだし、なによりもこれは先代が外国で買い付けた——。

「ごめん。おばあちゃんの形見のカップを」

「いいんだよ、お客さんに出すやつはいっぱいあるからね。それより大事なスタッフに怪我《けが》がなくてよかったよ」

そう言われると余計に自分を許せなくなり、それが足枷《あしかせ》となってトドメと言わんばかりに配膳ミスを犯した。

サンドイッチを注文した老人客にナポリタンを出してしまう。しかもあろうことかそれが地獄のディナータイム中であり、その客も注文間違いに気づかずにナポリタンを食べてしまったので作り直しだ。

だがナポリタンの調理は俺の役目ではなく、俺は自分の尻拭《しりぬぐ》いさえできず、無駄に増えたタスクを菫野さんも透乃さんもなにも言わずに処理してくれて、それがかえって辛かった。

営業が終わってから菫野さんがやってくる。

いつものコーヒータイムを誘う表情じゃない。店長らしい真剣な顔だ。

「静一郎くん、店長としてお話があります！」

「はい」とかしこまるしか選択肢がない。

◇

営業後。

カウンターとキッチンだけに明かりが灯《とも》り、俺は菫野さんとキッチンの中にいた。

いつもならコーヒーを飲む練習をする時間だが、今日はまずけじめをつけると、菫野さんの真剣な雰囲気が語っている。

「とりあえず今日の反省会ね」

「はい」と俺は平謝りするみたいに首を垂れる。

重い空気のなか彼女が俺をじっと見つめる。大きな瞳《ひとみ》がまっすぐに、どこか憐《あわ》れんでいるようにも見える。

「静一郎くん、なにかあったのなら話してよ」

「大したことじゃないよ」

「なら話してよ。静一郎くんもまだここに来てから慣れてないこともあるだろうし心配だよ。相談でも愚痴でもいいからなんでも聞くよ？」

澄花さんは〝喫茶スミレ〟の店長だ。従業員の業務に差し支えていることを取り除く義務はあるのだろうけど、この人のことだから単に心配してくれてるんだろうな。

董野さんの足を引っ張りたくはない。

でもいまの俺の悩みは素直に白状するには重すぎる。

だけど彼女のことを思うなら、俺は自分を万全にしなければならない。

「その……」

「うん」と真剣な相槌《あいづち》。

「暖房暑くない？」

「暑くないよ！」

羞恥で額に汗を浮かばせていた俺は逃げようとしたのだが、やはり彼女は逃がしてくれない。

俺は引きつりそうな口を必死に制御して、言葉を発する。

「……人って誰かを好きになる必要ある？」

「うん？」

露骨に訝《いぶか》しがられた。明らかに不審がられている気がする。

当たり前だ、質問が急すぎる。俺はいったい董野さんになにを聞いているんだ。

「静一郎くん、誰かに告白とかされたの？」

微妙な空気のなか、あえてなのかの砕けた調子。

答えられない。正直に言うのは怖く感じる。

「…………」

「ほんとに誰かに告白されたの？」

いまだに確信ないけどたぶんあなたに、です……。

菫野さんは目を丸くして、唇を震わせていた。これじゃあまるでほんとに……。

「いやそういうわけじゃなくて……。ほらたまにないか？　これからの人生、誰かに好かれることなんてあるのかなって、思うような寂しさとか……」

人生の命題のようなものを吐き出してしまった。こんなの黒歴史になってしまう。

「ごめん、おかしいよな、こんな話」

「おかしくなんかない！　わたしだって人に好かれたいって思うよ。お客さんに喜んでもらったらすっごい嬉しいし！　エゴサしてお店の悪口見たら悲しいし！」

菫野さんがぐいっと俺に対して踏み込んだ。近すぎて、彼女の甘い匂いが脳を揺さぶる。

「静一郎くんは大丈夫！　かっこいいところもあるし！　理不尽なときのクレームだっていつも矢面に立ってくれて頼りになるし！」

「かっこいいところもある……？」

「客観的に！」

「主観じゃないんだ……」

「ご、ごめん、いまのは傷つくよね、いま言い直すよ。……ふつーにかっこいい！」

「いやそのほうが傷つくだろ！」

「だ、だよね……」

「というか菫野さんは家族みたいなものだろ。だから評価にバイアスかかってると思う。俺はそんな大した人間になれる器じゃない。だから悩むときもある、のかな……」

「誰だって悩むと思うけどね」

ちょっと疑問形になって情けないのだが、菫野さんは真剣に考えてくれているようだ。

これはいい機会かもしれないと、俺は追撃する。

「菫野さんが人を好きになるときってどんなときなんだ？」

そもそも納得がいかないのだ。なんで俺なんかを好きだと言うのかが。

前のめりになっていた菫野さんが姿勢を正してこほんと咳払いする。顔を赤らめて恥ずかしそうに俺から目を逸《そ》らした。いじらしい所作だった。

「うーん、難しい質問だなあ。好きに理屈はないもん」

「だよな……」

「でも原因はあるよね。例えば好奇心とか」

「好奇心？」

「うん。興味が湧《わ》いて、理解が深まらないと好きにも嫌いにもなれないでしょ」

「じゃあ現在、菫野さんが興味あることってどうなの？」

答えの早道になりそうで聞いてしまった。

「うーん。そうだな。一つだけ、いまとっても気になってる問題があるんだ」

「問題？」

「それは静一郎くんが手伝ってくれたらすぐに解消できるんだけど、どうかな？」

菫野さんが少し自信なさげに上目遣《うわめづか》いで聞いてきた。

「手伝えるならなんでもするよ。俺は菫野さんを手伝うためにここに住んでるんだからさ」

「じゃあお言葉に甘えて……。あのね」

彼女が右手の人差し指を立てる。

「伊吹透乃さん」

それから左手の人差し指を立てる。

「わたし。菫野澄花」

「知ってる」

「透乃さんは透乃さん。わたしは菫野さん。……これっておかしい！　変！」

菫野さんが頬と耳を赤くしながら、小さな子どもみたいに一生懸命言わんとしていることを、俺は頭で補完していく。

「呼び方の話だよな？　それがどうしたの？」

「わたしたちみんな同じときに出会って、静一郎くんってば最初は透乃さんのこと、伊吹さんって呼んでた！」

「まあたしかに」

「なのにいつの間にか透乃さん！」

「そういや、いつからそう呼んでたんだっけな？　覚えてる？」

「誤魔化さないの！」

「あ、はい……」

「問題は、わたしはいつまで経《た》っても菫野さん！」

「まさかそれが、菫野さんの興味のある問題？」

菫野さんは我慢ならないように乗り出してきた。

なんだこの展開、思っていたのと違う。

予想外の展開に目を白黒させる俺に、菫野さんの顔が近づく。

「わたしも名前で呼んで！」

「そう来るか……」

透乃さんは歳もだいぶ離れているから呼びやすいんだけど、同い年の女の子を急に名前で呼ぶのは、なんか自分の生真面目《きまじめ》な部分が邪魔をする。

「ほら店長に対するリスペクトがあるし」

「さん付けまでしてリスペクトの過剰梱包！」

「菫野さんのほうがしっくりこないか？」

「しっくりしないし、わざと壁作るためにわたしのこと名字で呼んでるよね？」

俺の防波堤が見破られていたのか。

「いままで通りうまくやっていたと思うんだけど……」

「うまくやってたと思ってるのは静一郎くんだけじゃないかなー」

「ひょっとして我慢してた？」

どうしたんだ今日の菫野さん。やけに食い下がってくるあたり、そんなに嫌だったのか。

「うん！　半年間、ちょっとずつ毎日我慢してたよ」

「いや、でもなあ、透乃さんとかに聞かれたらなんて言われるか……」

「いまは透乃さんはいません！」

「急に呼び方変えたら変な空気にならない？」

「……これがだめならもっとすごいこと頼もうかな」

太陽みたいな存在の彼女の中にちょろっと黒点みたいな、闇《やみ》が見えた。

いまさら撤回が利く雰囲気でもなし。

告白とかではないんだ。これくらいなら飲んだっていいはずだ。

難易度が上がる前に、腹をくくれ渡静一郎。

俺はごくりと喉《のど》を鳴らす。

「す……、すみか……さん」

「ん？　聞こえないかな？」

なんともわざとらしく聞き耳を立てている。細めた目からきらきらと輝きが溢れ出す。小悪魔がそこにいた。

「……澄花さん」

「なあに？」

今度は満足したようだった。いつもの優しい笑顔に戻った。

俺は負けじと透明な壁を張るつもりで姿勢と表情を正す。

「これくらいでいいよな、す――」

「す？」

「澄花さん……」

「静一郎くんなら敬称略でもいいよ」

「呼び捨てはちょっと難易度高いな……」

「しょうがないなぁ……」

彼女は嬉しそうに苦笑していた。本人もちょっと恥ずかしかったのか耳を赤くしている。

「恥ずかしいならやるなよ。お互いに恥ずかしいんだから！」

「だってこれくらいしないと静一郎くん、すぐ距離置こうとするんだもん！」

図星を指されて脳に衝撃が走る。さらに追撃。

「ちなみにずっとこの呼び方でお願いします！」

「これからずっと？　……なんかこう、呼ぶのにもルール作らない？　二人っきりのときとか……」

「えー、別にいいけど、そっちのほうがなんだか、いやらしくない？」

「た、たしかに……」

「そうだ。なら学校以外ではこの呼び方にするのは？」

「いやいや、学校ではそもそも接点ないだろ！」

俺の慌てように、彼女が気まずそうにか細い声で聞いてきた。

「やっぱり嫌かな？　そんなにおかしなお願いじゃないと思うんだけどな……」

「そこで拒否権を俺にパスしてくるのか」

甘えているのか、それとも天然なのかは判断しかねる。でも本当に名前で呼んでほしいというのは伝わってくる。

「あぁ、だめだ……。バイト先の店長のお願いに負けそう……」

「今回は負けて！　お願い！　静一郎くんに仲いい感じで呼んでほしいの！　もう出会って半年以上経ってるんだよ！　いつまでも他人行儀だと寂しいよ！」

「……なんでもするって言ったしな。わかったよ……」

「さすが静一郎くん！」

彼女が満足げに微笑む。いいさこれくらい。名前で呼ぶくらいなんだと言うんだ。

「じゃあもう一回呼んでみて？」

「澄花さん……」

「なあに？」

「…………」

ふふふと彼女が、花が揺れるみたいに笑う。

「もう一回！　もう一回！」

「……澄花さん」

「なあに？」

この甘いささやきが俺の脳みそをとろけたチーズのようにしてしまいそうで怖い。

「下の名前で呼んでほしいならわざわざ意識させるようなことを言うなよ！」

「じゃあもう一回だけ！　そしたらもう反省会終わらせて寝るから！　ね！」

「今日はもう澄花さんは完売です！　完売！」

「言った！」

余計に喜ばせてしまい、俺は顔を背けた。

「ごめん、ごめんね、ちょっと悪ノリだったね」

「なんだったんだ、この反省会……」

「実りのある反省会になったね、静一郎くん」

俺は頭を抱えたい。こんな馬鹿みたいな会話は、学校での彼女とはまるで正反対だ。

距離を縮めるわけにはいかないのに、ずるずると彼女のペースに乗せられてしまった。こうやってずるずるずるずると彼女の好意に巻き込まれてしまうのか。

◇

翌朝、早起きした俺はスミレの前の掃き掃除をしていた。

昨日のことを思い出して気恥ずかしさと少しの憂鬱《ゆううつ》さを感じていた。

これからスミレで初めての冬を迎える。だというのにみぞれ混じりの冷たい風を跳ね返すように俺の頬は火照《ほて》っていた。

そのまま営業時間になり、俺はキッチンで、すみ……すみれの……。すみ……。すみ、すみかさんと並んでジュースを作っていた。澄花さんは隣で大量のナポリタンを炒めている。

「す、澄花さん。お皿、三枚でいいよな？」

「いいよー、よろしく」

「はーい」

俺は皿を取り出し、キッチン台の上に並べる。

すると作業していた彼女が耳打ちするみたいに側に寄ってきた。

「やっぱり名前で呼ばれるほうがしっくり来るね、静一郎くん」

寝る前に考えたのだが、恥ずかしがるから余計に恥ずかしいんだ。そして俺が恥ずかしがるのが澄花さんを無駄に喜ばせている気がする。

俺は平然と対処することにしていた。

「はいはい、そりゃあ良かったね」

「うんうん、良かった、良かった」

澄花さんは上機嫌で皿にナポリタンを盛り始める。

「まかない取りに来たよ」

するとそこにちょうどジャージのアウターを羽織った透乃さんが菫野宅の方からやってきた。いまは土曜のランチタイム後で、順番に休憩をしている時間だ。

ふわぁ、っと透乃さんがあくびをしてから俺の方に近づいてくる。

「ちょうどできたところですよ」

「んー、いい匂い。やっぱ飲んだ次の日はスミレのナポリタンに限るね！」

透乃さんが俺の肩越しに皿を覗いている。

ナポリタンにはハム派とウィンナー派があるが、スミレは攻撃的なウィンナー派だ。野菜も含めて具《ぐ》だくさんでたっぷりと入っている。それが甘めのケチャップに絡《から》まり、粉チーズとの相性も抜群。口の中が幸せになってしまう。

澄花さんが冷蔵庫から小さな小鉢のサラダを取り出す。

「はい、完成。静一郎くんもタイミング見て食べて」

「ありがとう、澄花さん」

俺の言葉に透乃さんがキョトンとした。

「澄花さん？　んん？」

透乃さんのリアクションが嫌で、朝からなにかと澄花さんを名前で呼ばないようにしていたが、やはりちょろっと試してみても、透乃さんは反応した。

「ほほーう、せーいちろー？」

「……なんですか？」

やっぱりからかうよな、この人。この家に来てわかったことがある。成人女性は大抵において年下の男をからかうのが好きなんだ。

フォローしてフォロー、と澄花さんに目配せするが、彼女はトレーを盾みたいにして顔の下半分を隠して遠巻きににやにや見ているだけだった。

裏切ったな。俺の中のカエサルが叫びかけたそのときだった、透乃さんが動く。

「ねえ知ってる、静一郎？」

「なんですか？」

「あそこにいるＪＫ。名字で呼ばれてるのって静一郎くんに嫌われてるのかな？　ってずっと気にしてたんだよ」

「呼び方ぐらいで？」

「そ、呼び方ぐらいで」

「従業員に相談を？」

「ベテラン従業員に相談してたんよ」

そう言ってニヤリと笑ってから「お腹《なか》すいたー」と透乃さんがトレーにのせたナポリタンを持ち、俺から離れていく。

俺は澄花さんを見た。凝視した。

彼女はトレーで顔を隠して防御の姿勢でいたので、俺は近づいていく。

「ごめん、澄花さん。俺も下がって昼飯食べたいからトレー貸してくんない？」

「いまは、だめ」

「なんで？」

「いえ、ちょっと放っておいてください。お願いします」

俺が回り込もうとすると、彼女は顔を見られないように必死に守る。

だが俺にはわかる。なぜなら身長差がある。澄花さんの額や耳の先が真《ま》っ赤《か》なのが窺《うかが》える。

そんなに恥ずかしいのか。

「澄花さーん？　どうしたの？　敬語に戻ってますよ？」

「…………」

「まさか俺でさんざん遊んでたのに自分は恥ずかしいとかないよな？」

「いじわる……」

つぶやく彼女は本当に可愛い人だと思う。

彼女に好きになられてはいけない。

だけどそれには大前提がある。

俺にとって彼女は、好きになってはいけない人なんだ。

窓の外では静かに雪が降っていた。

二章　伊吹透乃の騒乱

菫野《すみれの》のおじさんは月一で家に帰ると言いつつ、実際は一シーズンに一回しか帰宅しない人だ。喫茶店は娘に預けて、仕事で各地を駆けずり回っているとか。

つまり法的に俺《おれ》の身柄を引き受けてくれたのがおじさんだとしても、厄介になっているのは菫野宅を預かる澄花《すみか》さんである。

おじさんには多大な恩義があるが、澄花さんにはそれに輪をかけて膨大なものがある。

ゆえに年頃の娘を家に放置した挙げ句に、俺という思春期の男を一つ屋根の下に放り込んだおじさんに対して若干思うところもあったのだが、この菫野家にはおじさん公認の安全装置《セーフティ》が存在した。

もう一人の居候《いそうろう》。

「んー、いい匂《にお》い！　飲んだ翌日は味噌汁《みそしる》だよねえ！」

朝の菫野家キッチンで味噌汁を作るこの人、伊吹透乃《いぶきとうの》さんだ。

俺や店長である澄花さんが学校へ行っている間にスミレを守るキーパーソン。菫野家で暮らす唯一の成人。

「おはようございます、透乃さん」

「おはよー、せーいちろー」

上下黒いスウェット姿の透乃さんが、味噌汁を味見しながら顔を見せた。

いまいる住宅側のキッチンは古めかしいものの、置いてある調理器具や食器はスミレのお古なので、洒落臭《しゃらくさ》い邦画に出てきそうなおしゃれフィールドになっている。

そんなハイセンスなインテリアの中でフード付きスウェットの透乃さんと、同じくスウェットの俺が集まっている姿は少し滑稽だ。

透乃さんが味噌汁を完成させたのか、おたまを鍋に預ける。

「あれ、早くない？」

「いつもと同じ時間ですよ。……朝食手伝います、なに作ってるんですか？」

朝食は当番制になっているが、家のことは手伝いたい。俺はスウェットを腕まくりして献立を聞いたのだが、透乃さんは「あ、そっか」と丸い壁掛け時計を見た。

「澄花が起きてこないから違和感があったんだね」

「早くに登校したんじゃないんですか？　ほら友達とやってる勉強会とかで」

「いいや。さっきゴミ出しに行ったときにまだ靴あったよ」

透乃さんが冷蔵庫から塩鮭《しおざけ》の切り身を取り出す。

「静一郎《せいいちろう》、手伝いはいいから、店長を起こしてきてあげな。どうせ遅くまで会計やら勉強やらしてたんだろ」

「そういうの透乃さんのほうがよくないですか？」

「なんで？」

「起こすのが俺みたいな男子高校生だと澄花さんも嫌じゃないですか？」

「なになに女の子の部屋まで入るつもりだったの？　やらしー」

「そんなわけないでしょ！」

「じゃあいいじゃん。私が手助けしすぎるのもダメって盟約があるからここは頼まれてよ。コンコンってやるだけ」

「盟約？　……まあノックするだけなら」

俺は来た経路をUターンして階段を上り、自室の正面にある扉の前にたどり着く。

少し聞き耳を立ててみる。寝息とかは聞こえてこないが、なにか悪いことをしている気になってすぐ耳を離す。

訝《いぶか》しみながらノックする。

「澄花さん、朝だよ、部屋にいる？」

返事がない。もう一回ノック。

「澄花さん！　起きろ！」

『つ……うぅ……あっ！』

扉越しに素っ頓狂な声が聞こえた。

「ガチでいた……。澄花さん、起きた？」

『う、うん！　あり、コホッ——、ありがと、う！　……うっ、うわぁ！　スマホ、お布団《ふとん》に巻き込んでたー！　なんでぇー？』

どういう寝方してるんだ？　という想像は幻想を壊しかねない。扉越しに聞こえる物音からして相当慌てているようだし。

「ご飯できてるよ」

『静一郎くんは先に行ってて、すぐ下りるから！　先に行って！　絶対、ぜーったいだよ！』

「お、おう……」

俺は素直に従って、またキッチンに戻る。

「店長の寝顔、可愛《かわい》かった？　写真撮った？」

「俺が澄花さんの部屋に入らないようにしてるのわかってるくせに」

にひひと笑う透乃さんが、味噌汁をキッチンのすぐ側《そば》のダイニングテーブルに配膳し始めたので、俺は自然と参加しようとする。

「あ、手伝ってくれるなら静一郎は私にコーヒー淹《い》れて」

菫野家のキッチンにもコーヒーの道具が常備されているのは透乃さんのためだ。ただしネルフィルターは管理が面倒なので使い捨てのペーパーフィルターだ。

「……味噌汁とコーヒーって合わなくないですか？」

「私は心の広いコーヒーラブ勢なので、コーヒーと味噌のハーモニーすら愛せるのだよ」

「気持ち悪い！」

「そんなこと言わずに淹れてよー。私は料理はピカイチだけどコーヒーはいまいちってもっぱらの評判なんだよ」

「誰がそんなこと言ってるんですか？　透乃さんってかなり上手なような……」

「先代」

「澄花さんのおばあちゃんか……。厳しいな」

「腕では静一郎にも劣るし、寝起きはモチベがないし、準備が手間だし……」

「それって自分で淹れるのが面倒なだけでしょ」

そうこうしているうちにバタバタと階段を下りてくる音がしたが、澄花さんはキッチンには現れず、洗面所の方に行ったようだ。それから全開のシャワー音。

「寝坊したのにシャワーかよ」

「乙女の大事な身だしなみなのさ」

そうして澄花さんはコーヒーと味噌汁の並ぶ食卓には現れず、俺と透乃さんは先に食事を済ませた。

◇

学ランに着替え、玄関で靴を履《は》いていると透乃さんがやってきた。

「せーいちろー、帰りにジンジャエール買ってきてくんない？　飲みきりのやつ」

「ジンジャエール？　スミレに必要ないでしょ？」

「私の分だよ。たまには甘いもので割るのもいいかなって思ってさ」

「お酒の割材かよ……」

「ね、澄花に頼めないでしょ？　あの子、私のアルコール管理しようとするし！」

「管理されたほうがいいんじゃないですか」

「ジュースで割ってお酒を飲むんだよ？　アルコール摂取量もきっと下がるし理性的だろ？　頼むよー、せーいちろー、同じ家に居候する仲間じゃん！」

いじらしい声を出すが、俺は眉《まゆ》をひそめた。

「おお、反抗的な視線！　静一郎くんはなにかな？　気になってる女の子がいると他の女の子のお願いを聞くのは罪悪感湧《わ》くタイプ？」

「誰《だれ》が女の子だ」

「おい静一郎。戦争すっか？」

「し、しませんよ……」

圧がすごい。

「ていうか〝気になってる女の子〟の部分は否定しないんだあ？」

「はあ？　突っ込みどころが多いせいでしょうが、まったく！　何本あればいいんすか？　歩きなんでケースは無理ですよ！」

「三本でいいよ。さすが静一郎、いい子だねー！　はい、五百円玉。釣りは取っておきな！」

差し出された五百円玉を受け取ると、なにかを託すように、受け取った手を両手で握られる。

「せめて紙幣を渡してから大物ぶってください」

「そんなんしたら飲みに行けなくなるからだーめ！」

どうしようもない大人だ。

「行ってきます」

「行ってらっしゃい」

赤みのある茶髪にスウェット姿のアラサー居候酒飲み女。人生にまともというレールがあるのならきっと脱線した人なのだが、なんだかんだでいつも俺を見送ってくれるのがこの人だ。

半年前からずっと。

俺は振り返って玄関ドアに手をかけようとすると、パタパタパタ、と階段が鳴り、すぐにカバンを手にした澄花さんが下りてきた。いまは制服にコートを着込んでいる。

「お、寝坊娘登場」と透乃さん。

「うぅ……、最悪……」

寝坊ごときでとんでもないミスをしたみたいに澄花さんは言う。そのまま靴べらを手に取り、靴と足の間に潜らせるが、その所作が荒い。

気になっている女の子、という言葉が頭をよぎってもやもやする。

澄花さんが靴を履いて「行ってきます」と言い、二人で家を出た。

「そこまで慌てなくて平気だよ。もう十分遅れて出ても電車には間に合うよ」

「うん……」

空は相変わらず冬の曇天。澄花さんに元気がないことがより寒さに拍車をかけるようだ。

「寝坊くらいでそんな落ち込むもんか」

「友達と乗る電車が違ったらお喋《しゃべ》りできないなーって思ったの」

「お喋りくらい学校でもいいだろ。通学時間の十分や二十分の時間にしなくてもさ」

「それでもわたしには大切な時間だよ」

深刻そうな彼女の顔を見て、俺は澄花さんがスミレでも学校でも忙殺されている人だと思い出した。

「学校でも忙しいもんな。悪い、無神経だった」

「最近友達と遊べてないから、たまに話題についていけなくなっちゃう。それで愛想笑いでやり過ごすの。そういう瞬間、すごく苦手……」

「まあ寂《さび》しいよな、そういうの」

普通の喫茶店従業員の俺と違い、澄花さんの仕事は多岐にわたる。

仕入れは透乃さんがやるとしてもその管理は澄花さんによるものだし、会計や行政などで必要な手続き、客を飽きさせないメニューのアイディア出しなどなど――。

彼女が期待した目で俺を見上げる。

「ね、静一郎くん、せっかくだし今日は一緒に行ってもいいよね?」

透乃さんの視線は感じないが、ああ言われたということは俺の態度に問題があるのかも。

「駅で別れるよ」

「ええ?」

「同じ学校のやつに見られて変な噂《うわさ》を立てられたら嫌だろ」

「別に気にしないけどなぁ……」

彼女に請《こ》われるとぐらっと心が傾きそうになるが、これも澄花さんのためだ。俺は頑としてうなずかず、歩き始める。

彼女は悲しそうに目を伏せた。珍しい顔だ。学校ではきっとやっていないだろう。

◇

駅で澄花さんと別れたあと、問題が起こった。

電車に乗ると「ねえ」と話しかけられたのだ。

振り返ると、あまり話さないクラスメイトの金髪ぼっち少女がいた。

「おはよう、白須賀《しろすが》」

適当に挨拶しても向こうは反応しない。

「渡《わたり》ってこの駅から電車に乗ってるんだね。北口、南口、どっちから駅に入ってるの？」

少し思案した。

「北口だよ」

「……そう」

本当は南口だ。

スミレが駅の南側にあるので、北口と嘘をついてなるべく澄花さんとの接点を遠ざけようと画策した。

人の噂なんて誰が煽《あお》り立てるかなんてわからない。眼の前のぼっち少女はクラスに友達がいないからぼっちだと噂されているが、他のクラスには友達がいるかもしれないのだ。そしてこのぼっち少女が俺と澄花さんの接点に気づいて、ここだけの話なんだけど、なんて常套句《じょうとうく》でいるかわからない友達に噂を広めかねない。

やはり澄花さんと駅で別れて良かったのだと俺は胸をなでおろす。

そのあとは適当にやり過ごし、登校してからはほぼ普段通りの学生生活を送る。

澄花さんの友達もうちの教室には来なかったし、俺の友人たちも騒ぎはしない。

そもそも試験が近いためクラスの半分以上の生徒が休み時間も机に向かって自習をしている。

一学期からわかっていたことだが、県内ではそこそこの偏差値もあってか生徒の意識が高い。

俺が転入できたのも、まさかの欠員と、ギリギリ編入テストに通るという奇跡に恵まれたからだ。

同調圧力というか、俺も一応は真面目《まじめ》に勉強するようにはしている。

だがいまは手が休まったときにはふいに澄花さんの物悲しそうな顔が浮かんで、集中が途切れることがあった。

一緒に登校したら喜んでくれるかもしれないけど、今朝みたいなことがあるのだ。

放課後。菫野家の最寄り駅で降りて、駅前のスーパーでジンジャエールを三本確保する。エコバッグを忘れていたのでレジ袋も買う。

そしてマフラーに顔を埋《うず》めながら帰宅。

「ただいまー」

いまだにどのくらいの声量で言うべきかわからない帰宅の声を出し、家に入る。一階はどこも照明オフになっていて、カーテン越しの光が差し込むだけで薄暗い。暖房も入っていない。

「ただいまー」

もう一度言って住宅側のキッチンに入る。営業中だから誰もいない。

ビニール袋ごとジンジャエールをダイニングテーブルに置く。

かすかに話す声がした。二階じゃない。一階だ。導かれるようにとある扉の前に行く。

『――――』

この先はスミレに繋《つな》がる渡り廊下だ。

おそらく透乃さんと誰かが話している。透乃さんとしてはこのジンジャエールは澄花さんには隠したいのだろう。そこまでの義理もないのだが、一応聞き耳を立てて相手を探ってみる。

『だから静一郎くんにね。――――て思うんだ――』

心臓が嫌な音を立てた。

会話相手は澄花さんのようだ。それも俺のことを話している?

もっと会話を聞き取ろうと、そっと扉に顔を近づける。

『そーお？　普段と変わんないと思うけどなあー』

今度は透乃さんの声。

『だって……』

澄花さんが言い淀む。気になる。

『……他になんかあったの？』

俺に同調するように透乃さんが聞いてくれた。

しばしの沈黙。

『うん。――ちょっと前に友達と話してるのを、静一郎くんに聞かれちゃったかも』

「ッ！」

俺は声を上げそうになって両手で口を塞《ふさ》ぐ。

『学校で？』

『電車で。帰りの電車が同じだったかも、ってときがあったんだ』

見られていたのか。あのとき、逃げていく俺の背中を……。

心臓がばくばくと鳴り出し、血流が回っていく。ひんやりとした家の中で、一瞬にして額に汗が滲《にじ》み出す。

どうなる？　澄花さんが誰かが好きだという話を俺が知っていることを、澄花さんが知っていた場合、どういう影響が出る？

――まず俺の頭がぐちゃぐちゃになる。

俺が今日まで気まずかったように、同じ時間だけ澄花さんも気まずかったというのか？

吐息でバレそうな気がして、手を口から離せない。

その場から静かに立ち去れと理性が警鐘を鳴らす。そっと足を床から離して一歩下がる。

再び透乃さんの声。

『だからその話のせいで、静一郎に――ってわけ？』

『そうなんだ。静一郎くんのこと話してたから――』

そう？　なにがそうなんだ？

『嫌われちゃったかも……』

「えッ？」

足を滑らしそうになった。

どういう思考回路をしているんだ？　俺が盗み聞きしたのに、俺に嫌われたと思った？

『そうは見えないけどなあ』

『だって静一郎くん、わたしと距離をとろうとしてない？　嫌な思いさせたんじゃないかなって心配だよ……』

走馬灯《そうまとう》のように彼女にまつわる出来事が脳裏をよぎる。

二人で登校するのを断ったことも。

いま俺が必死に距離をとろうとしていることも。

まさか俺が澄花さんを嫌っているように思われていたんだ。

違う。俺はいままでの距離を保ちたいだけで、断じて彼女を嫌っているわけじゃない。

でも俺はなにも言っていないんだから、澄花さんに伝わるわけがない。

今朝《けさ》、並んで歩いた彼女の悲しそうな顔を思い出す。

なにをやっているんだ、俺は……。

知らず呼吸は止まっていたと思う。息苦しいことに気づいてそっと息をする。空気と一緒に罪悪感が胸を満たしていく。

俺は気づかれないように扉から離れた。透乃さんがなにか言っているようだが、もう詳細はわからない。これ以上聞く気にもなれずに俺はその場をあとにした。

◇

それからはちょっとした地獄だった。

澄花さんはいつも通り、太陽みたいに輝く笑顔を見せるが、ふとしたときに遠慮がちにこちらを窺《うかが》っている。言い淀む。

すべてがどこか傷ついているように見える。

十二月に向けて寒さが増すなか、俺も勝手に凍りつきそうになっていた。

営業後の習慣であるコーヒータイムもひどいものだ。

「今日もコーヒーありがとう。いただきます」から始まり「に、にがぁ……」に続き、「今日、学校でね──」と世間話に発展し、後半は沈黙で終わる。

それも二日間連続でいたたまれない。

俺の行動が彼女を傷つけた。

はあ、と大きなため息が出る。

この状況で土日の地獄営業を終えたのは奇跡といえよう。

だけどその代償に俺のメンタルはボロボロだ。健気《けなげ》に働く彼女を見るたびに俺の心は罪悪感に蝕《むしば》まれていく。

これ、俺が彼女の足を引っ張ってるよな？

日頃から澄花さんには気にしてもらっているのに、傷つけるなんて。

俺はバカ野郎だ。

「お、どうした静一郎。ため息をつくと幸せが逃げるって言うじゃん？　これ以上、幸薄そうになったら変なフェチに絡《から》まれちゃうよ」

「どういう性癖ですか」

俺はぽんと透乃さんに叩《たた》かれた肩を払う。

自宅のキッチンという共用スペースで、人は弱い顔を見せるべきじゃない。

「澄花となんかあったん？」

にやにやとしてやがる。全部知ってるくせに。

「別に」

「そう？　なんかうちの可愛い子二人が気分落ちてるとつまんないんだよな」

「気のせいですよ。妄想激しいですね」

「そういえば静一郎ってコーヒー苦手なん？」

「どうしてですか？」

「店長が静一郎にコーヒーを淹れさせるのやめたほうがいいのかもって言っててさ」

「別に……。人生ほろ苦いのに、コーヒーなんて苦いもの飲む必要ないだろって思ってるだけですよ。半分冗談で言ったのに、澄花さんもなに気にしてるんだか……」

「人生ほろ苦？　なんだよカッコつけちゃって！」

「いいでしょ。実感なんだから！」

「……ところでこの話が出たのってこの前、うちの店長と通路で話してたときなんだよね。静一郎の好感度についての話題でね」

「っ……そ、うなんですか……」

俺が口をつぐむと、透乃さんはまるで俺の背筋の緊張を確かめるように、肩に手をそっと回してきた。

「それで話し終わったあとにキッチンに行ったの。家の方のね。そしたら頼んでたジンジャエールがテーブルに置いてあったわけよ」

「あ……」

「あの時点で静一郎、帰ってたよな？」

「いや、その……」

「聞いてたよな、私と澄花の話をさ?」

んん?　と訳知り顔で透乃さんの圧が高まる。

「透乃さん」

「どうしたん?」

俺は目を瞑《つむ》った。

「……助けてください……」

命乞いにも似た懇願をした。

好きになっても、好きになられてもいけない相手だが、ギスるのも論外だ。

「ほいきた、大船に乗ったつもりで任せとけ!」

任せていいのかと思う反面、自分だけでなんとかなるわけもなく、俺はレスキュー船か泥船かもわからない、この伊吹透乃という大きな船に乗り込むしかなかった。

透乃さんは胸を張る。

「ちなみになにがあったん?」

「学校帰りの電車で澄花さんと友達の会話を盗み聞きしてしまって。悪気はなかったんですが、気まずくてその場を立ち去ったというか……」

「ほうほう」

あれ、いまの質問、変じゃないか?

「ちなみにどんな内容だったんだい？」

あ、なるほど。澄花さんも内容は話してなかったのか。

「別に大した話じゃ――」

「あ、静一郎のことが好きとか言ってたとか？」

そうです。

「違います」

いま俺は完全に脳の思考と反射を切り離すことに成功した。

「えー、つまんない」

「大事なことなんだから面白《おもしろ》がらないでくださいよ」

「じゃあなんだっていうのさ」

「本当に大したことじゃないですよ。澄花さんが友達にこういう従業員がいるんだって感じで俺の話をしてただけですから」

「はぁ……つまんねえ……」

「だから面白がんなっての！」

「それで変に意識しちゃって距離をとったっていう感じ？」

「そうですね。それだけなのにちょっと話しづらくなっちゃって……」

「思春期か」

「真っ盛りだよ」

吐き捨てる俺に、透乃さんは反応せずに、眉をひそめて深刻そうな顔をした。

「しかし業務に影響出そうだし、わだかまりは解消しないとね」

「なんか手があるんですか？」

わらにもすがるような気持ちで聞く。

「ささいなディスコミュニケーションはささやかなグッドコミュニケーションで帳消しにすればいい。今日は月曜。定休日だ。ならあれをやる日だろ？」

「あれとは？」

「我が家の日常生活を思い出せ、静一郎。ロクヨンだよ」

たしかに透乃さんの言葉は、この状況を是正するチャンスに思えた。

◇

月曜の帰宅後。午後五時。主催者からの連絡によって俺たちはリビングに集まる。

澄花さんはしっかりとした厚手のワンピース。裾《すそ》から伸びる足はタイツを穿いていた。なんだかもこもこで可愛らしいのだが、その表情は少し浮かない。

一方で主催者の透乃さんはいつもの黒いスウェットで張り切っている。

「定休日定例ゲーム大会始まるよー。罰ゲームは食事当番と私のおつまみを作ること！」

「おつまみは余計ですよね」

俺と澄花さんとでぱちぱちと囃《はや》し立てるなか、俺は透乃さんに水をさす。

「はい、罰ゲームなんだから勝者の言うことは聞くの！」

「まだ勝負もしてないのに勝った気でいやがる」

澄花さんが笑うが、少し遠慮がちに見えた。

「ゲームで決めなくてもわたしがやるよ？」

「わかってないなあ澄花。面倒事を押し付け合うスリルがたまらないんだろ？」

「ご飯三人分なんて、スミレの業務を考えると面倒でもなんでもないよね？　毎日、五十食以上は作ってるし」

「ばっか、澄花！　お金はないけど、ギャンブルの快感をたまには味わいたいんだよ！」

「そうなの？　うーん、そうなのかも……」

「澄花さん、納得しちゃダメだ！　ギャンブルとか言ってるけどこの家で一番ゲームしてるの透乃さんなんだから自分が有利なうえで無双したいだけなんだよ！」

「せーいちろー！　シャットアップ！」

しまった。いつもの感じになってしまったが、そもそもの目的は食事当番を決めることではない。俺は振り返る。

「澄花さん、透乃さんをこてんぱんにしてやろう」

「そ、そうだね！　うん、がんばるよ！」

俺はゲーム大会が始まる前の透乃さんとの作戦会議を思い出していた。

〝いいか静一郎。澄花はゲームが下手っぴだ。大事なのは澄花を優しくフォローしながらいっぱい話すんだよ。澄花は静一郎に嫌われてると思ってるんだ。嫌いなやつと遊ぶことになっても口利《き》かないもんだろ？　だから逆にいっぱい話して安心させてやるんだ！〟

信じるぞ、透乃さん。

透乃さんがマイクを向けるようなジャスチャーで俺たちに話しかけてきた。

「二人はなんのゲームがいい？　私はレトロゲーの女王だからね、決めさせてあげるよ」

「俺もなんでもいい。澄花さん決めていいよ」

「わ、わたしゲームあんまりしないから、わからないよ」

澄花さんが戸惑っていると透乃さんが口を出す。

「菫野家は一人娘がこんな感じだからゲーム機が何十年も更新されないんだよなあ」

この家で一番ゲームをする透乃さんの愚痴だ。

「残ってるのもおじさんがやってたやつなんですかね？」

「昔の従業員が持ち込んだものだよ。とりあえず静一郎、ソフトを見繕ってやりなよ」

俺はキャビネットを開けてソフトを何本か取り出す。

「澄花さん、前にやったやつならどう?」

「いままでやったのは戦うのばっかりで得意じゃないから、新しいのがいいな……!」

「じゃあレースゲームなんてどう?　これやったことないよね」

「う、うん。それでお願いするね!」

俺は元従業員の持ち物であるレトロゲーム機のセッティングを始める。

澄花さんはワンピースの裾を直しながら音もなく静かに座った。その所作は品があって綺麗《きれい》だ。コントローラーを持つと緊張するのか必要以上に背筋をピンと張ってしまうのはご愛嬌《あいきょう》。

主催者のくせに黙ってソファの上であぐらをかいている透乃さんとは比べるべくもない。

ゲームの電源を入れて俺も座る。澄花さんには近づかず、透乃さんの横だ。透乃さんに「位置取りが悪い」などとぼそっと睨《にら》まれるが無理だ。

「澄花さん、アクセルのボタンわかる?」

「えーと、青いボタン!」

「正解!」

澄花さんはヨシとうなずきつつ、ボタンを確認する。

「ランプ二つでアクセルするとロケットスタートだよ」

「そうなんだ!　やってみるね!」

高画質のテレビに映った古《いにしえ》のポリゴンレースゲームの画面は四分割されていて、それぞれに選んだキャラが映し出される。

スタートのシグナルが一つ灯《とも》り、二つ灯る。俺は澄花さんの手元を見ていて反応が遅れる。すぐに三つ目が灯り、罰ゲームをかけたレースがスタートする。

澄花さんのキャラはスタートに有利なテクニックを披露し、一気に加速した。

「あれ？　これって成功だよね！」

「上手《うま》いじゃん」

「ふふん！」

やったやった、と澄花さんはにこにこの顔を左右に揺らす。

「よーしがんばるぞー！」

なんて意気込む彼女だったが、最初のスタートはビギナーズラックというやつだった。やはりゲームの腕は初心者そのものであり、すぐにコースアウトした。

お助けキャラにコースに戻されるが、やはり肝心なところでコースアウトしてレースは遅々として進まず、その結果――。

一位透乃さん、二位俺、そして……。

彼女がソファから立ち上がり降参とばかりに両手を挙げる。

「やっぱり二人とも上手だね、負けちゃった！　よーし罰ゲームだよね、夕飯作るよ！　とーっても美味《おい》しいの！　おつまみもだったよね！」

澄花さんは笑顔だが、いつもとなにかが違う。笑顔を作っているような感じだ。

「す、澄花さん……」

「そうだミートソーススパゲッティにしよう！　まかないでパスタだと、いつもナポリタンだからね！　たまにはいいよね！　スーパーでひき肉買ってくるね！」

そう言うと澄花さんは固定電話のある戸棚から家計用財布を取り出し、足早にリビングを飛び出した。自室で支度をしてから、玄関のドアがガシャンと鳴り、静けさが家に満ちる。

俺はコントローラーを落とし、絶望した。

◇

「ダメじゃん！　フォローするはずなのに勝ってどうすんだよ静一郎！」

「すみません……。手加減しても澄花さんがコースアウトしまくると、俺が負けられないことに気づいてませんでした……」

「そう、それ！　まずゲーム選びを澄花に振るな！　菫野家は黙ってボンバーマンにしとけばいいんだよ！　あれなら私と静一郎が潰《つぶ》し合って高確率で澄花が勝てるんだから！」

「面目ない……」

澄花さんのいなくなったリビングで反省会。というか原因がわかりきっているため、鋭いダメ出しが繰り広げられていた。

好きなだけ罵《ののし》ってくれ。リストラされて公園のベンチに座っているサラリーマンのように俺がうつむいていたら、透乃さんはやれやれとため息をついた。

「こりゃあ重症だね」

それから透乃さんは俺の側に座った。

「なあ、ほんとに電車でニアミスしただけなの？　澄花になんか言われたんじゃない？」

「それは……」

「好きって言われたとか！」

そうです。

「違います」

なんとも納得してないように顔をしかめて、そうか、と透乃さんは両腕を胸の前で組んだ。

それから透乃さんは自分の頭を少しかき、少し沈黙。消えたテレビ画面の方を見てポツリと言った。

「私さ、高校時代はいまの澄花みたいなポジだったんだよ」

知らない外国語で急に話しかけられたかと思った。

「どういうこと？」

「超可愛い超優等生」

「嘘《うそ》だ」

「ほんとだって」

透乃さんがこっちを向いて身構える。目が本気だ。

「それでまあ、持て囃されての、毎日告白されてーの、全部袖《そで》にしてさ。そのうちウブだった私も浮かれて、お似合いだーって周りに言われて一個上の生徒会長と付き合ったんだよ」

「へえ、生徒会長なら優秀だったんですか？」

「家柄も成績も超エリート。しかもイケメンで誠実、めちゃくちゃ優しい」

「そんな人が透乃さんと？」

「そうそう。……なんだよ、疑うなよ」

「別に嘘だとは思ってませんよ。盛ってるとは思ってるけど……」

「まあともかく大学二年のときに振っちゃったんだよね」

「なんで、また？」

透乃さんは嫌そうな顔をしながら俺から目を逸《そ》らした。

「なんていうか、なにしても正しかったんだよ、その人。寝坊しない。サボらない。落ち込まない。侮辱されても絶対に手も出さない。愚痴もこぼさない。深酒しない。おまけに鍋奉行。一緒にいてね、私って社会規範と付き合ったのかな？　ってモヤモヤして振った」

透乃さんがこっちを見る。

「面倒くさいやつだって顔してるな」

「別に……」

透乃さんは笑う。俺には少し自嘲しているようにも見えた。

「いま思うとね、私はあいつの弱さが見たかったんだな、って思うんだ」

透乃さんの話の意図が俺には汲《く》めなかった。

話を聞きながらも、俺は透乃さんより、その元カレのほうに感情移入していた。弱みを見せるのは怖い。弱みを相手に握られるなんて、俺は嫌だ。

しかしこの話って――。

「俺、別に澄花さんとどうこうなりたいってわけじゃないです」

「あ、そうなの？　好きって言われたんじゃないの？」

はい、言われました。

「違います」

「なんだよ、シラフなのに恋バナして損したー」

「やっぱり恋愛の話に持っていこうとしてたんだ」

冗談じゃない。

「俺は菫野家に恩があるんです。とくに澄花さん。女子高生で、夢のために日夜戦っているところに俺なんかが居候でお邪魔させてもらって……。絶対に嫌だったはずなのにそれを顔に出さず受け入れてくれた。なら俺が澄花さんに抱く気持ちは感謝であるべきなんです……」

透乃さんは首を傾《かし》げる。結った赤髪が豊かな胸元《むなもと》に垂れた。

「菫野家に恩があったら澄花に恋しちゃいけないの？」

「まあ、そうなると思います」

「この多様性の時代に？」

「多様性関係ないでしょ」

「わっかんないなぁ、若者はー」

透乃さんは面白がっていた当てが外れてがっかりしたのだろうか、おもむろに立ち上がる。

「まあいいや、とりあえず澄花もすぐ帰ってくるだろうし、残りはあとで話そう。そうだな、夕飯後に静一郎の部屋に行くからそこで作戦会議だ」

「まだやるんですか？　そりゃあフォローしてくれるなら助かるけど……」

「当たり前だよ。夕飯後、絶対に部屋にいなよ！」

◇

あれからすぐに澄花さんが帰ってきて、少し早めの夕食になった。

ゲームのことなんてなかったみたいに、澄花さんは涼しい顔でミートスパゲッティとサラダ、透乃さんのおつまみにチーズ入り明太子卵焼きを振る舞った。

透乃さんは俺の焦《あせ》りをわかっているくせにまあ気持ちよさそうに飲んでいて腹が立つ。だけど俺が頼れる人はこの飲んだくれくらいしかいないのだ。

食事中は透乃さんと澄花さんはいつも通りに接してるものだから、俺だけのけ者にされているような気分だった。情けないけど寂しいと思ってしまう。

夕食後はそそくさと部屋に戻り、言いつけ通り透乃さんを待った。

しかし待てど暮らせど透乃さんはやってこない。酒を飲み続けて潰れたんじゃないかと疑い、一階に様子を見に行くか電話するかで判断に迷っていたところ。

ようやく、トントン、と扉をノックされた。

「はいはい、まったく」

俺はベッドから立ち上がり扉を開ける。

そして息が止まりそうになった。

「こ、こんばんは」

そこにはなぜか澄花さんが立っていた。

はにかむような上目遣《うわめづか》い。不意打ちすぎて、大きな瞳《ひとみ》に意識が吸い込まれそうになる。

「す、澄花さん、どうしてこんなところに？」

「あ、あのね。透乃さんから聞いたんだけど、静一郎くんがわたしに相談したいことがあるって……」

脳裏に透乃さんのにやついた顔が浮かぶ。俺を動揺させるサプライズなら大成功だ。

「相談、あるんだよね？」

澄花さんは不安そうにしていた。

ここで追い返すのは、さすがにない。それは大雪のなかせっかく訪ねてきた友人を追い出すようなものじゃないか。この寒々しい廊下に一人立つ澄花さんの姿がそうイメージさせる。

「とりあえず、入る？」

「うん、お邪魔します」

俺が招くと彼女はおそるおそるというように部屋に入ってきた。

ドアは少し開けたままにする。安心感があるように配慮。

「どうぞ、好きに座って」

「ありがとう」

「あれ？」

「どうしたの？」

「い、いやなんでもない」

澄花さんがベッドに座ってしまい、俺は動揺した。好きに座ってとは言ったけど、椅子《いす》を指したつもりだったのだ。ちょっと無防備すぎるのも気になってしまう。

なんだか変な感じがする。俺の部屋に澄花さんが初めて入り、ベッドに座っている。

「なんだか変な感じだね。静一郎くんの部屋に入るの初めてかな」

「そ、そうだね。なんか気になる？」

こっちは居候の身。見られてはいけないものは部屋に持ち込んではいない。

なのに俺は緊張して心臓が口から飛び出しそうだった。

「あ、うん、男の子の部屋ってこうなんだね」

「どこらへんが男子っぽい？」

「えーとね。……空気とか！」

「消臭剤買ってくる！」

「ち、違うの！　匂いじゃないから！　雰囲気《まか》！　雰囲気！」

彼女は瞬間湯沸かし器みたいに顔を真っ赤にしている。

いいや、信じられるか。だって澄花さんは――。

「コーヒー豆の種類を嗅ぎ分ける人にそう言われても、臭かったんだなって思うだろ」

「違う、違います！　静一郎くんの匂いは良いです！」

「か、嗅いでるの……？」

「あー、なに言ってんだろ、わたし……」

恥ずかしがる彼女だが、俺もめちゃくちゃ恥ずかしい。

澄花さんとの会話で距離感が摑《つか》みきれず、失敗した、と思うことが俺にはよくある。彼女もそうなんだろうか。

ここは俺がなんとかしよう。

「あのさ、いまだけ三十秒時間を戻す？」

「戻せるの？」

「戻せる」

「じゃあ戻す」

「はい、戻りました！」

俺も聞かなかったことにしたいのだ。

「すごい！　魔法使いだね、静一郎くん」

彼女は笑い、もう一度辺りを見渡してから一言。

「じゃあもう一度。……えーとね、ミニマリストの部屋みたいだね！」

「そうか？」

「うん、ごちゃごちゃしてない」

俺の部屋はベッドと机と椅子、エアコンがあるだけだ。それはこの家に来たときから変わらない。

「お父さんが必要なものがあったら買い足すって言ってたと思うけど、大丈夫だったの？」

「ああ、衣食住は十分だから必需品と言われても特になくてさ」

「遠慮する必要ないんだよ？　静一郎くんは家族なんだし」

「遠慮なんてしてないよ。もともと家具もカッコいいだろ。洋画に出てくる殺し屋の潜伏先みたいで気に入っていたから崩したくないんだよ」

「へ、へぇ？　こ、殺し屋みたいでカッコいいのかぁ？　なんだか独特？　だね……」

「めっちゃ引いてる……」

恥ずかしい。俺も三十秒、時を戻したい。

「まあ、あんまり実体のあるものは買わないからね」

「本は電子派？」

「電子派。漫画もね」

「そうなんだ。なんだか静一郎くんらしいね」

「電子が俺らしいの？」

「うーん。電子だとなにを買うか、他人にはわからないよね」

「たしかに、なにを読んでるか他人に見られたくないな」

「でしょ！」

言い当てられて恥ずかしいというよりは嬉《うれ》しいと思った。不思議な感覚だ。

久々――と言っても三日ぶりだが、彼女が心から笑ってくれたような気がしたからか？

「澄花さんは紙派だろ？　リビングで本読んでるし」

「読むだけならどっちでもいいんだけどね。カバーがお洒落《しゃれ》だと触ってみたくなるから紙派なんだ」

へぇ、と俺が笑うと、澄花さんも静かに微笑《ほほえ》む。

だけどその笑みは霞《かすみ》のように静かに消えた。

「あのね、ごめんね」

「なんで謝るんだよ」

「わたしね、静一郎くんがなにか悩んでるんだったら、店長として解決しなきゃ、って思ってた。でも違うよね。静一郎くんのことはただの菫野澄花として、お話を聞くべきだったんだなって思ったの」

彼女がベッドに右手をつき、俺の方に身を乗り出す。目は誠実さそのもの。さらさらの髪が揺らいだ。

「ずっと澄花さんとして話を聞いてくれてたと思ってたけど？」

「買いかぶりだよ。わたしは静一郎くんと同じだけ、静一郎くんがお店で淹れるコーヒーのことも心配してたんだ。ごめんね、こんな店長で」

「打算もあったってこと？　そんなの誰にだってあるだろ」

そんなことを気にするところが優しすぎると俺は思う。

「でも静一郎くんはお店が終わったあと、わたしのなんでもない話に付き合ってくれるよね」

「それは別に……」

俺にだって打算がないわけじゃない。居候先の相手と関係を維持しておきたいとは思うし、澄花さんが俺なんかに話すだけで楽になれるのならそれでもいいって思ったんだ。

「澄花さんだって俺のことを買いかぶってる」

「それでもわたしにとって静一郎くんと話す時間は大事だから、静一郎くんもよかったらわたしに話してほしいよ」

透乃さんのせいだ。

透乃さんは間違えた。

俺に嫌われていると悩んでいるのは彼女のはずなのに、なぜか俺が悩みを打ち明けることになっている。意外と気にする性格の彼女に俺が悩んでいると言ったら、本当に相談に乗ろうとするに決まっているだろ。

「悩みなんてそんなもの……」

「みんな抱えて生きてるんじゃないかな?」

弱み、か……。透乃さんの言葉を思い出してしまう。

もしかしてと期待してしまうのは澄花さんへの信頼なのか、それとも俺の弱い心からか?

それでも少しだけなら……。

「俺が澄花さんと同じ学校に入れたのって、中三のときにやることなくて、ずっと勉強してたからなんだよ」

「たしかに、一生懸命、勉強してないとうちの高校入りづらいかな」

「だけど別にいい学校に入りたいとか思ってたわけじゃなくてさ。試験期間が近づくと、俺って場違いなんだなって思うときがある」

「場違い？」

「高校入って一年も経《た》ってないのに、みんな進路のこと考えてるだろ？　俺は自立するのが目標だから、将来の夢みたいなものがない。だから未来のために休み時間潰してまで勉強をがんばってるやつらを見ると場違いな気がする」

彼女は俺が言ったことを嚥下《えんげ》し、一瞬間を置いてから首を横に振った。

「夢なんてないって人、いっぱいいると思うよ。とりあえず少しでもいい会社に入るためにやってるってだけの人だって少なくないと思う。自立だって大事なことだし、そんなに気に病む必要なんてないんじゃないかな……」

彼女にそう言われて、なんだか急に手足が冷たくなっていく気がした。

ぐるんぐるんと世界が回った。

やっぱりこの話題は違ったのかも。

「そうだよな。そんなもんだよな。ごめん、変な相談して悪かった……です」

俺はそこそこ好青年の顔で笑ってみせる。

するとと彼女はうつむき、また首を横に振った。

「こっちこそ、ごめんね、……やっぱりダメだ、わたし」

「ダメってなにが？」

「無難なことしか言ってないよ。どうしよう、すごい自己嫌悪。先生の前で模範的な回答をしてるみたい……」

「自分でそれ言う？」

「だって静一郎くんもがっかりしたよね」

「え、そう見えた？」

「うん、最後、敬語だったし」

思わぬ指摘に啞然《あぜん》としていると、彼女がベッドから立ち上がる。

「静一郎くんが勇気を出して相談してくれたなら、わたしも恥ずかしがらずに本音を言うね！」

「うん、どうぞ……」

俺の言葉を聞いて、彼女は爛々《らんらん》と輝いていた。見間違いじゃない。彼女が笑うと、こんなにも雰囲気が華やぐのだと、俺は圧倒されていた。

「わたしの夢ってね、いっぱいあるの！」

「た、例えば？」

「第一はスミレを立派に継ぐこと！　いまは無理言って、いろんな人に頼ってなんとかやってるだけだけど、いつかは大人になったら先代のおばあちゃんみたいに一人でちゃんとお店を守りたい！」

「うん」

「いっそのことチェーン展開もしたい！」

「おぉ」

「四十七都道府県にスミレの看板を立ててみる！」

「すげぇ」

「あとコーヒーの産地も見て回りたいな！」

「コーヒーベルト」

――とは赤道に近い、コーヒー豆の栽培に適した地域のことだ。

「そう！　コロンビア、コスタリカ、エチオピア、ブラジル、ハワイ、ほかにもいっぱい！」

スミレでも扱っている豆の産地ばかりだ。

「普通に世界一周もしたい！」

コーヒーベルトを回っていたら世界一周になるのか？　危ない国もありそうで心配になる。

「あといまはもうやめちゃったけど、テニス。もう一回くらいは思いっきりラケットを振ってみたいかな。それから……」

活き活きと語っていた彼女だが、急にトーンダウンする。

彼女があははと乾いた笑いを漏《も》らした。

「まあお父さんの……、菫野家の借金をどうにかしないといけないけどね」

なんの話かと理解できないでいたが、頭の中で反芻《はんすう》する。

聞き捨てならないことを言ったな。

「え、おじさん借金あるの？　……俺を引き取ってる場合じゃないじゃん！」

「お金の心配ならしなくていいよ。スミレは黒字だし、お父さんも新しい事業がうまくやれているって言ってるから。むしろ静一郎くんという戦力があるから助かってるし！」

「もしかして事業に失敗したとか？　おじさん会社起こすのが仕事だって言ってたけど」

「あー、そんなところかな。昔ね、共同経営の会社が失敗しちゃって、負債を残して相手の人がいなくなっちゃったから全部背負ったんだって」

「無責任なやつもいたもんだな」

俺の大恩人に後ろ足で砂をかけた、顔も知らない相手に不愉快な思いが募る。

「そうだね。でもその人のことはどうでもいいんだよ」

澄花さんはベッドから立ち上がり、椅子に座る俺に一歩近づいた。

彼女の息遣いを感じるくらいの距離。

感覚のほとんどが彼女の存在を鮮明に訴え、俺は狼狽《うろた》えた。

光に導かれるカブトムシみたいに彼女を見上げると、彼女の手が伸び、隙《すき》のあった俺の手を掴んだ。わずかな不安を覚えながら、無抵抗に手を預けてしまう。

「静一郎くんが夢を見つけるまででいい。わたしの夢を手伝ってほしいんだ。自分だけじゃ到底たどり着けない。でも静一郎くんがいてくれたらきっとそこまでわたしは行ける。わたしには静一郎くんが必要なの！」

彼女の指先は少し冷たく、芯《しん》があるように思えた。

緊張しているんだ。

嫌われているかもと疑っている俺に、自分からノーガードで飛び込んだのだ。怖いに決まっている。恥ずかしいに決まっている。

なんて白く綺麗な手なんだろうか。この手でいつもひたむきに働いて、目標に向かってがんばっている。

本当に、ダメだな、俺は……。

「俺は澄花さんの助けになるためにここに来たんだ。澄花さんのためならなんでもするよ」

それだけは変わらない。なにがあっても変えるつもりはない。

そう伝えたくてちゃんと言葉を尽くした。

伝わったかどうかは彼女の顔を見れば一目瞭然だ。

「頼りにしてるね。静一郎くん」

ああ、いつもの彼女が戻ってきた。

いつもより満面の笑みが視界いっぱいに広がっているのは、距離が近いせいだろうか。

ずっと見ていたくなるのは彼女が人を安心させるように笑うせいだ。

しかし傍《はた》から見たら俺たちの姿はどうなのだろうか。

堂々と立つ彼女。座っている俺。繋《つな》がっている手と手。

まるで貴婦人に挨拶《あいさつ》する執事か、下働きか――。手を握っているのは彼女のほうだが。

「あのさ」

「なに?」

「手……」

こんなところを透乃さんに見られたら、絶対にからかわれてしまう。それはまずい。

澄花さんがはっとする。興奮のあまり無意識だったようで、ようやく自分の行いと、置かれた状況に気づいて、一瞬で手を離す。

「ご、ごめんなさい……。どうしよう、わたしって、なにやってるんですかね。……あー、恥ずかしいなあ……」

「敬語になってる」

「あ、ごめん。……ますます恥ずかしいよ。みんなには黙っててね」

もちろんだ。

いま聞いた澄花さんの言葉は大事にしたい。誰かに教えたりするものか。

「俺って口が軽そうに見える？」

「そう見えるけど、口は堅いよね。だから安心していつも話してるよ」

良くもあり悪くもある評価だ。

「俺がスミレに来てから澄花さんに不自由な思いをさせてるんじゃないかと思ってたんだ。でも本音を聞けて良かったよ。ありがとう」

澄花さんが小首を傾げる。

「借金の話も？」

借金はどうだろう。

◇

それからしばらくとりとめのない世間話を澄花さんとしていたと思う。

学校の話、スミレの話。透乃さんの話。

二日間ぎこちなかったものを取り返すようにずっと。

おかげでいつもなら課題をやっている時間を大きく過ぎて、澄花さんは長居を謝罪し、慌てた様子で俺の部屋を出ていった。

澄花さんは課題をやる様子だったが、俺は佐二《さじ》に写させてもらうか、素直に忘れたと謝るつもりでいた。

それよりも俺は明日の営業が楽しみだった。

スミレで働きたくてうずうずしながら、ベッドに入る。なにかが楽しみで寝付けないなんて久々だった。まだ母さんが生きていた頃だ。家族三人で遊園地に行く前の日だったか。

家族か……。

かき消すようにスミレのことを考えた。

スミレには俺の居場所がある。明日からは気合を入れ直してがんばろう。

そう思っていたからだろうか、次に目が覚めたときはまだカーテンの隙間《すきま》から見える窓の外は暗かった。

スマホで確かめると六時まであと十分ほどだ。俺は起きることにしてベッドをあとにした。

廊下に出ると底冷えしそうな寒さに、反射的に腕をさする。

今日の朝食当番は透乃さんだな。昨日、付き合ってもらった礼に手伝おう。

正面の扉。その先の部屋でまだ眠っているであろう澄花さんを起こさないように、静かに一階に下りていく。

しかし、そんな配慮は杞憂《きゆう》に終わる。

一階のキッチンから会話が聞こえた。

『それで静一郎とは仲直りできたの？』

『別に喧嘩《けんか》してたわけじゃないよ』

調理器具を動かす音もする。早起きした澄花さんが透乃さんを手伝っているみたいだ。

『だとしても変な空気だったじゃん』

『それは無事に解決しました』

『じゃあ良かったね』

『うん！　昨日はここ数日分、いっぱい喋れて嬉しかったなあ！』

『それで静一郎に聞かれたかもしれない話ってなんだったの？　お姉さんに言ってごらんよ』

俺は階段で立ち止まり、澄花さんの返事を待つ。

『友達が好きな人の名前を打ち明けて、順番に教える流れになっちゃったの』

『ああ、それで自分の番になったから？』

『慌てちゃって、ぱっと思いついた静一郎くんの名前をつい口に出しちゃったんだ。こんなもやもやするなら空気読まなきゃ良かったかなあ……』

俺は一度息を吐く。古い家の暖房もない場所だから、寒さで息がわずかに白くなった。

俺の勘違い説がほぼ当たっていたようなものだから良かったと両手を上げればいいのに、俺はなんだかもやもやしていた。

じゃあわざわざ知っているやつの中から俺の名前を思い浮かべた理由ってなんだ？　と一瞬

思ったが、たぶん俺がもやもやしている理由は違う。

言葉として思い浮かべてしまうには余りある。

なにを考えているんだと自分自身に言いたい。

でも俺は——。

もしかして俺は、澄花さんに好きな相手だと言われて嬉しかったのか？

そんなの許されるわけがない。

俺はおじさんのおかげで普通の生活が送れているんだ。

普通の生活と当然のようにあるものではないと俺は知っている。だからこそ菫野家に感謝しているし、恩を仇《あだ》で返す真似だけはしたくない。澄花さんへの接し方も慎重になってしまう。

再び透乃さんの声。

『で、実際どうなん。好きなの？』

『どう思う？』

『えー、わかんないから聞いてるんだけど？』

『わからないでいいんだよ。わたしたち複雑だもん。好きとか嫌いで表現できないと思うよ』

澄花さんの言葉にはっとなる。

かなわないなと思う。

そうだ、澄花さんは俺を軽んじたりはしないでくれる。一人の人間としてちゃんと扱ってくれている。

だったら俺だってもう少し、正直でいて、歩み寄ったって――。

階段の窓から、みぞれのような雪がふわふわと風に煽られて飛んでいくのが見える。自分の脚を動かすはずみをもらったような気分だ。

そして強めに階段を一歩下り、足音を立てると会話は止まった。

さらにそのままズンズンと下りていき、キッチンに顔を出す。

「おはようございまーす」

するとやはりコンロでなにかを調理しているエプロン姿の澄花さんが振り返り。

「っ……静一郎くん！」

腰を落とし、怯《ひる》んだ様子で目を瞠《みは》っていた。高校では優等生として鳴らしている彼女のこんな姿を見たことがある人間はそういないだろう。

「今日は朝食当番じゃないのに早いじゃん、せーいちろー」

その横で透乃さんはにやにやしている。

「早起きしたから手伝おうかと思って」

「そ、じゃあ卵焼きでも作ってもらおうかな」

「甘いのとしょっぱいのどっちがいいですか？」

「おつまみじゃないし私はどっちでも。澄花は？」

すはー、すはー、と澄花さんが息をする。

「あ、甘いので……」

「おっけー」

俺は冷蔵庫から卵を取り出し、ボウルに割り入れてから卵焼きのフライパンを戸棚から引きずり出す。卵液の準備をし、コンロにフライパンをかけて熱する。

野菜スープを作っていた澄花さんと並ぶ。

「せ、せ、静一郎くん、今日は早いね……？」

彼女は小動物みたいに俺をおそるおそる見上げていた。

この人は本当にすぐ赤くなる。気の毒だが、そこが可愛いところでもあると思ってしまう。

「ごめんな。あのとき友達と話してたのってそういう意味だったんだ？」

「え？」

「俺たちの関係って変わってるから、間違えたり、わかんなかったりするもんだよな」

あははと笑う俺に、澄花さんは呆然《ぼうぜん》としておたまを鍋の中に落とす。わからないと言っても、電車での会話を聞かれていたのは恥ずかしくてしょうがないはずだ。

「うあ……っ――――！」

血が全身に通わなくなってるんじゃないかと心配になるほどの真っ赤な顔。排熱のために目尻《めじり》には雫《しずく》をため、彼女は声にもならない叫びを上げた。

俺は罪悪感もあって、何度も盗み聞きをしてしまったことを白状したかった。それがせめてもの罪滅ぼしだと思っている。

だけどこのあと家を出るまで彼女がゆでダコみたいになったままだとは想像していなかった。

朝食の間も、彼女は俺のことは無視して、むー、と宙を睨んでいたのだ。

◇

時間を持て余した俺は早めに家を出た。

示し合わせたわけではないけど澄花さんとほぼ同時だったから、提案したわけでもなく澄花さんと駅まで一緒に歩く。

この前と違って彼女は駅までの道のりでずっと話していた。

「あのね、聞いて！　あのときってみんながわたしのこと優等生扱いして、澄花にはそんな経験ないだろーってからかってきたからムキになっちゃっただけなの！」

「それでとっさに言ってやろ、って思いついた名前が俺だったと」

「そう、それだけ！　だから変なふうに思わないでね！」

「残念だな」

澄花さんはちょっと動揺したように震えた。

「静一郎くんはそう思うの？」

「せっかく優等生の澄花さんに名指しされて光栄だと思ったのになー」

「そう、その感じが嫌なの！　静一郎くんは優等生のわたしじゃなくて、わたしが優等生を演じてるってわかってるでしょ！　だからそういうふうに扱わないで！」

「はいはい」

「ちゃんと聞いてよ！　わかってくれないならまた一から説明するよ！」

「悪い気はしないからな」

「なんでそうやってわたしが意識しちゃうようなことばっか言うの？」

「意識してたの？」

「っ！　違うんだってば！　ちゃんと説明します！」

わからないっていいな。

俺と澄花さんの関係は少し変わっていて、誰かに聞いたって規範がない。教材がない。攻略法がないんだ。

だから探りながら、短い高校生活を進んでいけばいいと思う。今朝も粉雪が舞っているが、俺のことを労《いたわ》ってくれているようで、寒いのに悪い気はしない。

「透乃さんには感謝だよな。一応、気を使ってもらったみたいだし」

露骨に話を変えたら澄花さんはむすぅと鼻息を吐いて乗ってくれた。

「本当は良くないんだけどね。約束事があるから」

「約束って？　透乃さんも盟約がどうとか言ってたけど」

「スミレってね、お店の名義は透乃さんなの」

「透乃さんが？　どういうこと？」

澄花さんはうんとうなずく。

「もともとお父さんは、お店は畳むの一点張りで、わたしの話なんて聞いてくれなくて平行線だったの。それで透乃さんが、条件つけようって提案してくれたんだ」

「つまり赤字にするな、学校の成績落とすなってやつ？　あれ透乃さんが発端だったんだ」

「そう。わたしが社会人になるまで継続できればスミレはわたしの店になる。それまでは立会人の透乃さんの名義なんだよ」

「つまりスミレは透乃さんの店だったんだ……」

「いまはね」と澄花さんはうなずく。

「透乃さんは、お店に必要な未成年じゃ取得できない資格も持ってるし、おばあちゃんの最後の弟子で料理の腕もすごい。わたしのわがままなんて無視してもいいのに店に残ってくれた。感謝してもしきれないよ。……だけど店員以上のことはしない約束なの」

「それが約束……。でも透乃さんは澄花さんにとって」

「うん、わたしにとって透乃さんはお姉ちゃん以上の存在だよ」

そう言ってから澄花さんは顔を紅潮させてぷるぷると震えだした。

「なのに許せない！　そもそも電車のあの話も根掘り葉掘り聞いてきたのも透乃さんだし！

わたしが恥ずかしいのも透乃さんのせいだー！」

「そこに戻るんだ……」

憤懣《ふんまん》やるかたない澄花さんだった。

一方で俺は晴れやかだ。

わからないことがこれからの未来の余白になっている気がした。

だからたとえ澄花さんのあの言葉が、無理やりひねり出した虚言であったとしても残念がる必要はない。

深く考えるな。俺はホッとしているんだ。安堵《あんど》しているんだ。

そうして彼女とは駅で別れる。

今日は友達との待ち合わせに間に合うのだから俺は不要だろう。別々の乗車口を使うべく俺が離れると彼女は手を振ってくれた。

すぐに人混みにまぎれて、彼女の姿は見えなくなる。手を振りそびれた。

◇

「静一郎、今日はなんかぼーっとしてるね？」

学校でおっとりしている佐二にもそんなことを言われた。

「そうか？」と返す。

他人の機微《きび》を察せられる佐二が言うのなら間違いないのだろう。

いまは三時限目が終わったあとの休み時間。スミレに戻るまであと四時間くらいか。

早く仕事がしたい。コーヒーを淹れたい。澄花さんに会いたい。――気がする。

なんだか手を振れなかったことが気がかりになっている。

課題で使った本を図書室に返し、教室に戻る道中。おや、と思う。

見慣れない顔の生徒たちを見かけた。

おそらく第一校舎の生徒だ。

俺の教室は第二校舎にあって、いまいるのは二階の廊下。

第一校舎の生徒たちは廊下の奥を左から右へ突っ切るように移動していた。左には第一校舎との渡り廊下があり、右が階段だ。

移動教室など珍しいわけではないのだが、俺は立ち止まり目で追った。

目当ての人は見つからず、四時限目が迫るなか、いよいよ立ち去るべきなのだが、妙な確信を持ってその場に留《とど》まる。

ほらみろ。澄花さんがやってきた。

偶然だろうけど、あちらも俺を探していたようだ。彼女は右へ左へ見たあと、俺に気づいてじっとこちらに顔を向けた。

澄花さんは両手でクラス分はありそうなプリントを抱えている。教師に頼まれたのだろう。距離があって表情までうまく見えないが、朝とは違ってすっかり優等生らしい平常心を取り戻せているようだ。

俺は辺りに誰もいないのを確認してから、澄花さんに視線を戻し、胸の辺りで小さく手を振った。

すると彼女はピンと背筋を伸ばした。

それから邪魔なプリントをどうにか持ち直し、片手で手を振ってきた。

嬉しいと思う。

しばらく距離が離れた状態で見合っていると、どちらから先に立ち去るべきなのかがわからなくなっていた。

やがて彼女の後方から女子グループがやってきた。この前、教室に来たA組の子たちだ。

彼女たちの一人が澄花さんからプリントの一部をひったくり、別の一人が澄花さんの背中を押して進むように急《せ》かした。友達に囲まれた澄花さんは楽しそうだった。

澄花さんは最後に一度だけ俺に視線を送ると、そのまま階段を友達と上っていった。

俺は自分の右手を見る。

電車のときも振ってやればよかったとやはり後悔した。

「いまの誰？」

ふいに声をかけられた。少し冷ややかに感じる女子の声だ。

驚いて振り返ると、そこにはあの金髪のぼっち少女が立っていた。

「最近、白須賀のほうからよく話しかけてくれるよな。いつもクラスの誰とも話さないのに」

白須賀サラ。

クラスメイトの女子。

お下げにまとめた地毛と噂の金色の髪と、琥珀《こはく》色に近い茶色の瞳の持ち主。整った顔をいつも無愛想に染めて、心の片鱗《へんりん》すら覗《のぞ》かせない彫像みたいな少女。

俺に悪意があるのかないのかすらわからない。

そんな女子がもう一言、俺に告げる。

「菫野澄花と友達なの？」

見られていた。

学校では澄花さんとの関係をずっとひた隠していた俺にとって、最悪のミスだ。

今朝はまるで俺を祝福していたような雪はすでに止《や》み、廊下には静けさだけが満ちる。

三章

白須賀サラの気儘

人生の岐路に立たされたことは、同級生の平均よりは多いと自負している。

バリスタだった父親が失踪《しっそう》したあと、親戚の家をたらいまわしにされていた俺《おれ》は、いやでも判断を迫られる機会が多かった。

家庭環境について聞かれたときの愛想笑いするか怒るかの判断。

保護者にねだっていいものと悪いものの判断。

引き取られた家のカレーにちくわが入っていたときの食べるかどうかの判断。

なにより半年前の、おじさんについていくかどうかの選択。

言っていいことと悪いこと、どこまでなら踏み込んでよくて、どこからが遠慮すべき範囲なのか。

いまでこそ菫野《すみれの》家に落ち着くことができた俺だが、必要以上に卑屈にならないで済んでいるのは、そういう自己肯定感があるからだ。過去の分岐点でそれなりに正解を選んできたという自負が、俺の〝そこそこ好青年〟を支えている。

そんな自信に満ち溢《あふ》れる俺だったが、今回ばかりは判断が遅れた。

「菫野澄花《すみか》と友達なの？」

白須賀《しろすが》サラに、澄花さんへ手を振ったところを見られた。

もしこれがきっかけで俺と澄花さんの関係がバレたらどうする？　手を振っただけだとしても、いままで誰《だれ》にも彼女と知り合いだとは言っていない。優等生をやっかむ連中なんて多かれ少なかれいるもんだ。変に勘ぐられてよからぬ噂《うわさ》まで立てられたら……。

ただでさえ忙しい澄花さんにこれ以上の負担はかけたくない。

「どうなの渡《わたり》？」と白須賀に詰め寄られて俺は脳みそをフル稼働させる。

「あれ、Ａ組の菫野さんだったのか？」

「え？」

俺は右手で頭をかいて振り向く。

白須賀は不審そうに眉《まゆ》をひそめていた。こいつは美形だから睨《にら》むと顔怖いな。

「図書委員の女子かと思ったよ。さっき本を返しに行って話したからな。……そっか見間違いか。夜中にゲームしすぎて目が悪くなったかな」

俺と澄花さんのいた地点は離れていた。おおよそ教室五つ分。

目が悪ければ顔を識別できないくらいの距離だ。言い訳としては成り立つはず。

「菫野澄花だったでしょ？」

白須賀は譲らない。

「まさか菫野さんと間違えるなんてな。マジ恥ずかしいわ。誰にも言わないでくれよな?」

「はぁ?　なに言ってるの?　誤魔化《ごまか》さないでよ」

声が冷たい。俺の言い訳にまったく納得していない。

「誤魔化すってなんでだよ?」

「だって菫野澄花と知り合いなのを隠そうとしてるんでしょ?」

鋭く斬り込まれた。だが、俺や澄花さんの日常のために引くわけにはいかない。

「なんで?」

「なんでって……」

「学年一の優等生と知り合いなんて自慢話だろ。なんで隠そうとするんだ?」

「……そ、それは」

まあ俺が菫野家の居候《いそうろう》だとは知らない白須賀には一生たどり着けない答えだろう。

俺は勝利を確信する。

「それより、もうそろ四限目だ。教室に戻ろう」

「でも――」

「ほらな?」

言うと同時に、近くのスピーカーからチャイムが鳴り響く。そろそろだと思っていたが、自分でも驚くくらいのタイミングの良さだ。

さすがに白須賀もそれ以上は追及している時間はないと思ったのだろう。俺が澄花さんが消えた方とは反対側の階段を目指して動き出しても、なにも言わなかった。

代わりにすごい目つきで睨んでくる。

道中俺は背筋に冷たいものを感じながら教室に戻った。

教室ではほとんどのやつが着席して教師を待っている状態だった。遅れて入ってきた俺は、友人からトイレが長いだのなんだのとからかわれるが、白須賀には誰も声をかけない。

白須賀サラ。

金色の髪をお下げにまとめた、いつもつまらなそうにしている女子。

身長は澄花さんと大して変わらない。俺より頭一つ以上小さい。

クラスに友達はおらず、自由時間はもっぱらスマホか教科書を眺めている姿が印象深い。誰かが話しかけてもろくに返事もせず、授業で教師にあてられても首を横に振るだけ。一回、しつこく教科書を読むように迫られたところで「テキストを忘れた」と一言だけ発した。

教科書を広げているのにもかかわらずだ。

その不遜《ふそん》な態度に、偏差値が少し高めで優等生の多い我が校では、不良なんじゃないかという噂まで立てられるほどで、入学式すぐあとに慌ただしく転入してきた俺よりクラスでは浮いた存在になっている。

噂話を広めるのにインフルエンサー的な才能と人脈が必要となるのなら、白須賀はそれとは真逆の人間といえよう。

あの場ではぐらかせたのだから、もう脅威度は低いはず。

教師が入ってきて授業が始まる。

俺の席は教室の真ん中の列の後ろから二番目。白須賀は窓際の最後列だ。

俺が授業中に白須賀の方を向くのは不自然であるから振り向けないが、ずっと白須賀方面からの視線を感じてしまう。

まだ納得していないのか？

その日は冷気を纏《まと》うような視線に怯《おび》え、まともに授業に集中できなかった。

◇

その日、逃げるように戻ったスミレでの営業はつつがなく進んだ。

この前の一件——澄花さんと変な空気になっていたのがまるで幻だったのかと思うくらい彼女とは普通に接していられる。

俺たちの関係はわからないと澄花さんは言っていた。

つまり友達以上、家族未満という関係の距離感は、それだけ難しいということだ。

それは俺にとって納得のできる感覚だと思うし、俺も別におじさんとの軋轢《あつれき》を心配するようなこともないのだ。

おかげで営業が終わったあとも落ち着いた気分で彼女にコーヒーを淹《い》れてみる。

澄花さんはカップの中身を煽《あお》いで嗅ぐ。

「キリマンジャロ！」

「当たり」

「フルーティなんだけど荒々しい酸味の強い匂《にお》い！　万年雪とサバンナに囲まれた過酷な環境を思い起こさずにはいられない！　このコーヒー豆が持つ生命の強さを感じるね！　うーん、登山中のキャンプで飲んでみたい！」

「澄花さんは飲めないじゃん」

「っ！　……だ、だから練習してるんだよ！」

澄花さんは俺がカウンターに出したコーヒーとしばらくにらめっこしていたが、やがて決心して一口飲み込む。

「にがぁ……」

いつも通りなのが心地良い。

「はいミルクと砂糖」

「今日は素直にうなずきたくない気分……」

「別にブラックに挑戦しなくてもいいんじゃないの？　世界的に見れば無糖でコーヒー飲む人

のが少数派だよ」

「でも静一郎《せいいちろう》くんはブラックでも飲めるでしょ?」

「人生が苦いと、コーヒーの苦みなんてどうってことないんだよ」

「む!　わたしが能天気みたいに言ったね!　そもそも豆の味見をするために飲む練習してるだけだから、素材本来の味を楽しみたいだけなの!」

「コーヒーを楽しむならこそ、ミルクと砂糖は入れるべきだ。コーヒーは豆の種類、抽出の方法、ミルクと砂糖との比率で無限の可能性がある飲み物なんだ。ブラックだけにこだわってウィンナーコーヒーのクリームを崩す楽しみとか、濃いめに淹れたカフェオレの溺れるようなまろやかな苦みを避《さ》けるのはもったいない」

「やっぱりコーヒー好きでしょ?」

「澄花さんと違って味がわかるだけですー」

俺は澄花さんのコーヒーにミルクと砂糖を投入し、キャラメルソースもかけてみた。

「コーヒーハラスメント禁止!　ぶーぶー!」

などと唇《くちびる》を尖らせて抗議する澄花さんだが、ブラックコーヒーの濃い色が白味を帯びていく姿に抵抗はしなかった。

それどころか目がとろんとして、次の瞬間にはあくびをしていた。手では隠しているが、大きなあくびだ。

「今日は疲れたね」

「長話するめんどい常連に捕まってたもんな」

「そーいうふうに言わないの」

彼女は笑いながら、俺を肘でつんとつつく。不出来な弟にするみたいな注意の仕方だ。

「なんか俺の扱い雑になったな」

「そうかな？」

うなずくと、澄花さんは少し考える。

「だって静一郎くん。わたしがどう思ってよーと、どーでもいーんでしょー。じゃあ丁寧に取り繕わないよー」

「どうでも良くはないけど……」

「ないけど？」

「なんでもない」

「そーいうとこ」

前に澄花さんと話したことを思い出す。彼女が俺のことを好きだと言っていて、だけどそれはそういう意味ではなくて、俺が残念がると彼女が動揺して……。

いや変なことを考えるのはやめておこう。

澄花さんはこの話題に興味を失ったようで、カップを軽くなでた。

「おばあちゃんもね、営業終わったあとにコーヒーを一杯飲んでたんだ」

「ブラックで？」

「そう。それがカッコよかったんだ。わたしもね、そういう店長になりたい」

などという澄花さんはちびちびと即席キャラメルオレを飲んでいる。

なんとなくだが、カウンターに座る澄花さんのおばあさんと、その横でジュースを飲んでいるミニ澄花さんの姿を想像できるようだった。

俺も母親のことを思い出して懐かしいと思った。

「静一郎くんも疲れてるみたい。なにかあったの？」

「大したことじゃない」

「知りたいな」

「……クラスメイトとちょっとトラブルだな。どういう距離感の相手かわかんないだけで、本当に大したことない」

「ふうん」と彼女が息を吐く。

「なに、その信用してない顔？」

「だって静一郎くんってわたしと似てる気がするから」

「似てるってなにが？　ホモサピエンスなところが？」

「他人の前では期待される自分になろうとするところ」

内心、ひやっとしていた。

それはつまり、俺の〝そこそこ好青年〟なスタンスへの指摘そのもの。

うまく取り繕っていたつもりだったのだが、毎日顔を合わせる澄花さんにはどうやら感づかれているらしい。

俺は助けを求めるように目の前のアイスティーを一口飲む。

「そう見える？」

「わたしね、小さい頃から常連さんとか先生に〝きみはいい子だね〟って言われて大きくなっちゃったから、自分のどうしようもないところを他人にどうやって見せるか忘れちゃった。本当は自分のしたいことをしたい、わがままなだけなのにね」

彼女は間違っていると思う。

俺にそう言う彼女は、ちゃんとわがままなところを見せてくれているじゃないか。

ただ器が小さい俺なんかとは違う。

「大丈夫、うまくやれるよ。俺も、澄花さんも」

「そうだね」

沈黙。それから澄花さんがちらりとこちらの様子を窺《うかが》う。

「ちなみにトラブルの相手って女の子？」

「……さあ？」

「さあってなに！」

「え、そこ気にする？」

「別にー」

「あ！　やきもちか？」

「そんなことないし。自惚《うぬぼ》れないの」

冗談めかした感じにはなったけど、なんだろう。なにか不吉な予感がする。

学校では白須賀に、家では澄花さんに対して不安でいっぱい。生きた心地がしない。

◇

その日。学校に着いた俺は早く温まりたくてせっせと階段を上っていたのだが、とある場所で足を止める。

先日、澄花さんに手を振った廊下だ。

静かなものだ。今日は誰もいない。

彼女に手を振ったりして、俺は行き過ぎたことをしているんじゃないか？

澄花さんには親切にしてもらっているし、家族同然に俺を迎えてくれている。

そして俺も少なからず澄花さんの夢の手伝いをしているつもりだ。

いまの関係が好きだ。その居場所を失いたくない。

ならばいつも通りにすればいいはずなのに、それでは駄目なんだと思う。

おじさんへの恩はあるが、それよりも俺と澄花さんの間でなにかが決定的に変わってしまった気がする。俺が電車で立ち聞きしたときなのか、澄花さんを名字で呼ばなくなったときなのかはわからないけど、いままでのようにし続けるには無視できないものがある。

コーヒーカップをなでながらくつろぐ彼女の横顔が目に焼き付いている。

ぴんと伸びる長いまつげ。朱に染まる柔らかそうな頬《ほお》。光を反射してキラキラと輝く大きな瞳《ひとみ》。呼吸するたびにゆっくり動く胸。

たまに俺を見ようと視線が動く。

目が合って笑い合う。

思い出すのはやめよう。

いい加減、俺は教室に向かおうとして、驚いた。

廊下の奥。昨日、澄花さんがやってきたあの場所に、女子が現れたのだ。

澄花さんかと思ったのだが、その人物を判別するには目を凝らす必要もなかった。

遠くからでも目立つ金色のおさげ。

「白須賀……」

白須賀は学校で唯一俺と澄花さんの接点を感づいている、もっとも危険な相手だ。一瞬怯んだものの、白須賀がとぼとぼ寂《さび》しそうに歩く姿に俺は困惑した。

おかげで白須賀が目の前に来るまで馬鹿《ばか》みたいに待ち、顔を合わせてしまう。

「お、おはよう、白須賀」

怪しまれないように俺は挨拶《あいさつ》する。

「うん」と返してきた。「うん」は挨拶なのか？

「どうしたんだ？　第一校舎に用事があったのか？」

「会わないといけない人がいた」

「会えたのか？」

白須賀は首を横に振る。

「他の先生や生徒に囲まれて忙しそうにしてて、声かけるタイミングなかった」

職員室か。第一校舎には職員室がある。いくら白須賀とはいえ、教師に呼ばれたら無視することもできないはずだ。

「先生も期末テスト前で忙しいのかもな」

「先生が忙しいとか関係なくない？」

「そりゃあ生徒第一にしてほしいってのはわかるけどな……」

大人は、子どもに躾《しつ》ける模範的なことを、自らは体現しないと俺は知っている。

「面倒なのはわかるけど、愛想笑いくらいしたほうが無駄に悪く言われずに済むぞ。友達もできるだろうし」

「どうせ高校までの仲なのに、愛想振りまいて友達作る必要ある？」

「たしかに、そういうやり方もありだよな。説教じみて悪かった。気の迷いだ忘れてくれ」

余計なことを言ってしまった。〝そこそこ好青年〟のスタンスではなかった。指摘はするが批判はしないのが渡静一郎の処世術だ。褒められたものではないのは重々承知だ。

「え？」

なのになんでこいつは同意するとびっくりするのだろうか。

やっぱりあんまり関《かか》わりたくない。さっさと教室に行こう。

「あ、あの渡！」

なぜだか呼び止められる。

あの一匹狼《おおかみ》な少女の表情がわずかに変わる。目を細め、眉をひそめて、怒っているのか不安がっているのかが判断できない。

「喫茶スミレって知ってる？」

嫌な予感が的中した。

こいつ俺と澄花さんの関係を調べでもしてるのか？　だとしたら相当にしつこいぞ。

「学校からは離れてるけどこの街の結構な老舗《しにせ》の喫茶店なんだって」

「まあ知ってる」

「行ったことは？　渡が使ってる駅の近くなの？」

「……どうかな、近くを通ったことはあるかもな」

「そうなんだ」

あてが外れたみたいに、声色が弱々しい。まさかとは思うが……。

俺は警告することにした。

「行くのはおすすめしないよ」

「な、なんで？」

白須賀が狼狽《うろた》える。

「あー、えーと、だいぶ混んでて、店に入るのに三〜四時間待ちは当たり前だとか、常連が幅を利かせてそっち優先だとか、ファボ目当てなやつらがあちこち写真撮っててゆっくりしにくいとか」

ほぼほぼ嘘《うそ》ではあるのだが、後顧《こうこ》の憂《うれ》いは断たなければならない。澄花さんに聞かれたらなんと言われるか……。

おかげで白須賀は、彼女にしてはわかりやすく肩を落とした。

「……それはやだね」

俺もすごく嫌だった。

愛着のある店に謂《いわ》れのない噂を並べ立てて、ひどい自己嫌悪。罪悪感である。しかしスミレや、俺と澄花さんのためなら断腸の思いでいなければならない。

　これも白須賀のせいだ。この女子高生、苦手だ。

◇

「え？」と間抜けた声を上げる俺は、今世紀最大の情けない顔になっていただろう。

　スミレの営業時間。客足が途切れたので掃き掃除をするためにドアを開けたら、小柄な客と鉢合わせした。

　可能性はあると考えていたが、実際に現実を目の当《ま》《あ》たりにすると絶望しかない。

　スミレに、白須賀サラがやって来た。

「な、なんでここに？」

「渡こそ、なにしてんの……？」

　開け放たれたドアから、粉雪交じりの冷たい風が舞い込んでくる。

　白須賀は顔をしかめ、俺を睨む。

「バイト？」

「え、ああ、そんなところ、だけど……」

　白須賀が一歩下がり、店の看板を確認する。

「スミレに行ったことないって言ってた」

「まあ、それは……」

「ウソつき」

白須賀の鋭い瞳は、明確に怒りを携えていた。

追い出す？　迎え入れる？　いや追い出すはダメだろ、澄花さんが絶対に怒る。しかし追い出さなければ非常にまずい。ならどうやって、穏便にお帰り願うのか——。

「いらっしゃいませー！」

最悪なことに、いま一番白須賀と会わせたくない人の声が聞こえたと思ったら一瞬だった。

スミレの制服を着た澄花さんが白須賀の姿を見るや、すっ飛んできた。

「それ、うちの高校の制服だよね。もしかして静一郎くんのお友達？」

白須賀が澄花さんの勢いに後ずさる。さっきまでの俺に対する怒りはどこへやら、明らかに澄花さんの勢いに狼狽えていた。

スミレの制服を着たいまの澄花さんは接客モードだ。学校よりテンションが数段高い。知らない人は驚くだろう。

「……友達じゃない、ただのクラスメイト」

白須賀は目を白黒させながらも、どうにか言葉を絞り出す。

「あの、菫野さん、私、サラ。白須賀サラ……です」

白須賀の態度が俺に対するときと菫野さんとで違う。どこか丁寧だ。なんだか傷つくな。

「サラちゃん、わたしのこと知ってるの？　もしかして静一郎くんから聞いたの？」

「……あ、えっと、よく見るから。学年代表とかで」

声が裏返ってるぞ、こいつ。意外と人見知りなのか？

「そっかそっか、あ、それより外は寒いから入ってよ。静一郎くんのクラスメイトならうんとサービスするからさ。でも静一郎くんがお友達連れてきてくれるなんて嬉《うれ》しいな」

澄花さんが白須賀の腕を引いて強引《ごういん》に店内に招き入れる。

「え、ちょっと……！」

白須賀のささやかな抗議の声はさらりとスルーされた。

恨めしそうに俺を見る白須賀を、俺は黙って見送る。こうなった澄花さんは俺の手には負えないのだ。

「甘いもの好き？　うちの店のおすすめはいろいろあるけどまずはプリンがいいかな。おばあちゃんが作ったレシピを使ってるから昔のプリンって感じで固めなんだけど、それが昭和レトロっぽくていいってお客さんに評判なんだよ」

「………う、うん……」

「うちはおばあちゃんの代からここで喫茶店やってるんだ。それでこっちの小倉《おぐら》トーストもおすすめ。あんこは商店街の老舗和菓子屋さんが朝作ったものを仕入れてるの」

「…………そうなんだ……」

「ああ、ごめんね、ゆっくりメニュー決めたいよね。じゃあ注文決まったら呼んでね、すぐ取りに来るから」

澄花さんがそそくさと白須賀から離れる。

終わった――。

澄花さんと面識があるのもバレた。

俺がレジ近くの壁にもたれかかっていると、澄花さんがやってきた。

「もー！　お友達連れてくるなら言っておいてよ、静一郎くん！　びっくりしちゃったよ！」

「……いや違う、違うんだ。白須賀はただのクラスメイト。ここに来たのはほんとに偶然」

「そうなの？　静一郎くんなんだかんだで優しいからなー、疑っちゃうなー」

「っていうか昨日言ってたトラブった相手なんだよ！　だから俺がここの居候だってバレるとまずい！　変な噂を立てられるかも！」

彼女は一瞬きょとんとしてから「むう」と眉をひそめる。

「なに？」

「うーん、静一郎くんがうちに住んでることを黙ってるのって変な噂が嫌だから？　それともわたしと一緒なのが嫌なの？」

「ま、まさか！　前者だよ、前者！　澄花さんが嫌ってわけじゃない！」

「ほんとー？」

「本当だってば！」

「どうかなー？」

澄花さんは腕組みをする。妙な圧力に俺は押されていた。白須賀のアクシデントに加えてこんなところでつまずくとか。

「というか澄花さんこそどうなんだよ。俺と変な噂立ったら嫌だろ？」

「どんな噂が立てられても噂は噂。わたしは人に顔向けできないことはしてないよ」

「ま、眩《まぶ》しくて目が潰《つぶ》れる！」

学校での澄花さんは目立つ。きっと称賛されると同時に、陰でいろいろと妬《ねた》まれたりもしているんだろう。きっと俺とは、くぐってきた修羅場《しゅらば》が違う。

俺が小さい存在であることを存分に思い出した。

「もしかしてあの子がスミレに来ないように、スミレの悪口とか言ってないよね？」

「い、言ってません……」

「どーかなー？　静一郎くんの敬語ってわたしにバリア張るときだからなー？」

顔をしかめる彼女の圧に負けそうになる。

しかしちょうど助け舟が来た。

「わ、渡、ちょっといい？」

白須賀がテーブルで手を挙げていた。小さい声だが、なんとか聞き取れる。

客の呼び出しを無視するわけにはいかない。俺は白須賀の側《そば》に寄る。

「……どうした？」

「注文」

「はーい、いま行きまーす」

澄花さんがすっとんで来た。

くっ、見張りのつもりか？

「ご注文はいかがなさいますか、白須賀さん？　お望みなら静一郎くんに作らせようか？　静一郎くん、スイーツもドリンクも丁寧に作ってくれるよ」

「その言われようは恥ずかしいんだけど……！」

「でもわたしの本心だよ。静一郎くんはいつもがんばってるもんね」

澄花さんに肘《ひじ》でつつかれた。つっこみにしてはずんと重い一撃だった気がする。

白須賀は俺たちに冷水をかけるように一度咳払《せきばら》いした。

「イチャイチャしてないで注文。不愉快」

「イチャイチャなんてしてないからやめろよ、変な空気になるだろ」

澄花さんが「んん」と喉《のど》を鳴らして遠くを見た。

……ほら、変な空気になった。

「モカ一つ」

「は、はーい！　すぐ静一郎くんが作るから待っててね！」

面倒な客を任せられたが、俺がやるのは好都合だ。

俺はキッチンに戻ってからコーヒーを淹れ、もう一つ用意をしたものと一緒にトレーにのせ、運ぶ。

白須賀はその間にコートを脱いで、軽く畳んで自分の隣に置いていた。

「はい、モカです」

俺はソーサーにのせたカップを置く。砂糖とミルクも。

「それとプリン」

さらにもう一つ白須賀の前に出した。さくらんぼとホイップクリームがのった、カラメルたっぷりのプリンだ。手作り感いっぱいで、側面にいくつか溝が入っているのはご愛嬌。

「頼んでない」

「逆にこっちが頼みたいことがある」

「どういうこと？」

白須賀が首を傾《かし》げた。

「他のクラスメイトから聞いてるかもしれないけど俺は親がいない。だから未成年でもできる働き口を失いたくない。学校の連中にはスミレのことを黙っていてくれないか？」

「……友達、来ないようにしてるんだ」

「まあな」

「渡も大変なんだね」

白須賀の凍てつくような整った顔からは表情を読み取れないが、視線はプリンに釘付けだ。

「それで買収？　のつもり？」

俺は嘘はついてない。世話になっている家がスミレだと言っていないだけだ。

「ああ、そうだ」

それらしい言い訳を取り繕えたと思う。

事実、白須賀はうなずいた。

「いいよ」

俺がナーバスになっているだけであって、案外素直なんだろうか？

しばらく澄花さんにはじろじろと見られていたが、やがて常連が来ると澄花さんはそっちに行ったので解放された。

白須賀はコーヒーをブラックで一口。

「ん？」

「どうした？」

「美味《おい》しい。豆が活きてる」

「そうか、良かったな」

それからコーヒーをちびちび飲みながらプリンを楽しみ、ディナータイム前に白須賀は出ていった。その間、俺がずっとはらはらしていたのは言うまでもない。

しかし白須賀の乱はこれで事なきを得たと言えよう。

◇

翌営業日。

「ブレンド一つ」

再び白須賀はやってきて、前と同じ席に座り、俺に注文した。

「なんだ、白須賀。もしかしてスミレが気に入ったのか？」

「さあ？　ともかくブレンド」

「くっ……」

今日の学校でそんな感想を言うこともなく、会話もなかった。

あるいはやはり俺の弱みを探しているのだろうか……。

落ち着け、静一郎。昨日と同じようにやるしかない。

「はい、ブレンド……、とクリームたっぷりのロールケーキ」

俺は頼まれたものと、地元のケーキ屋から仕入れている日替わりケーキをお出しした。中の苺《いちご》もたっぷりの、お高いやつだ。

「頼んでない」

「学校で絶対に言うなよ」

「うん、わかってる。言わない」

白須賀はうなずくと、ケーキが正しい対価であると主張するかのごとく、堂々と食べ始めた。円筒をフォークで崩し、小さく開けた口に放り込み、ブラックコーヒーで苦みも楽しむ。

嚥下《えんげ》したあと、白須賀は俺を見上げた。

相手の意図を汲《く》もうとしたせいで、俺は逃げ遅れた。

「私もパパとママがいない。だからおばあちゃんの家で厄介になってる」

「そうだったのか」

「うん。小さいときからパパとママの仕事で世界中を転々としてた。それで、この前、生活に不満を言ったら日本に置いていかれた」

「あれ？　親いるのか？」

「日本にはいない。言葉、抜けてた」

「ああ、そうなんだ……」

というか急に自分語りしてなんなんだ？　こいつ、ただの陰の者なのか？

「じゃあしばらくは日本で落ち着く感じなのか？」

「わからない。未定。日本もめんどくさい」

無表情で言う白須賀に、ちょっとした罪悪感を覚える。もしかしてこいつ……。

「学校で人と関わらないのは、別れるときが辛《つら》いからか？」

「違う」

白須賀は首を横に振る。

「必要ないから。私は優秀だし、一人でじゅうぶん」

「自信があるやつの言葉だな」

「渡だっていろんなところを転々としてたならわかるでしょ？　友達なんて住む場所が変われば疎遠になる。そんなものに依存するより確固たる自分を磨き上げるほうがいい。優秀な人間は孤立を恐れてはいけない。私はそういうふうに育てられたし、それが正しいとも思ってる」

「……まあ、言いたいことはわからんでもないな」

そう、わからなくはない。だけど、それは俺のスタンスとは真逆の考えだ。俺は居場所が欲しかった。居場所を失う辛さは、冬の寒さよりも耐《た》え難《がた》い。だから〝そこそこ好青年〟なんてやっているんだろう。おかげで仲の良い友達も三人できたしな。

「じゃあどうして菫野さんと仲良くなったの？」

白須賀がキッチンの澄花さんをチラリと見る。

澄花さんはテキパキと調理をしていた。フライパンを振るい、ナポリタンが宙を舞う。

「バイト先のお嬢さんだぞ」

「別にバイト先でも仲良くなる必要はない」

「そうか？　俺はそうは思わないけどな」

「私はそう思う」

「……まあ成り行きみたいなもんだ」

「どういう成り行き？」

「まいったな……」

こいつ人が聞かれたくなさそうって考えないのか。こっちのバリア全部突破してきたぞ。

「俺は白須賀ほど優秀じゃなかったから、誰かに頼らないと生きられない。頼るなら愛想良くする。愛想いいと友達も増える。それだけだよ」

「優秀じゃないと大変なんだね」

「はっ、そうだな。俺の器は小さいからな」

白須賀はテーブルに視線を落とした。

これがただの嫌味や同情だったら俺も腹を立てただろうが、白須賀はただ共感しただけに思えるから逆に笑ってしまう。

「白須賀はもしかして寂しいのか？」

「っ…………」

自分の経験則だったが当たりだったようだ。

俺の中で一気に白須賀のことが身近に思えた。

こいつはスミレに来る前、親戚にたらい回しにされていた頃の俺と似ているんだ。ハリネズミみたいに威嚇《いかく》して、自分の居場所をなんとか確保しようとしている。上っ面を取り繕っているいまの俺だってろくなものじゃないし正しいとも思わないけど、他人と関われるようになった俺は過去の俺よりマシだ。

白須賀は嫌そうな顔をした。次の言葉は自分のことのように想像がつく。

「どうでもいい。あっち行って。うざい」

白須賀はそれきり俺を無視し、ケーキを食べ終わるとすぐ帰った。

俺は白須賀がいたテーブルの食器を下げながら、手つかずの砂糖とミルクをトレーに置く。

どこかの子ども舌さんとは大違いだ。

◇

さらに翌営業日。

三度《みたび》、白須賀はスミレに現れた。

「高校生で三日連続喫茶店とかいい身分だな」

「ケーキ代。タダだから」

「ぐっ……。お、おい、一応俺が払ってんだからな。そこ忘れるなよ」

そう注意してから見ると、白須賀はメニューを広げたまま固まっていた。

「どうした？」

「これ？」

白須賀が一つのケーキメニューを指さした。

「抹茶のムースケーキがどうした？」

「そう、まっちゃ！　まっちゃね、わかってたから！」

「白須賀……」

「なに？」

白須賀は怪訝《けげん》な顔で俺を見上げた。

知性と冷淡さを感じさせる美貌に、俺はある疑問が湧《わ》いていた。

「ひょっとして漢字読めないのか？」

「ッ！」

白須賀はびくんと背筋を伸ばしたあと、しおれるように猫背《ねこぜ》になって、メニューで顔を隠した。耳の先が赤くなっている。

クリティカルヒットというやつか。

「小さい頃から世界中を転々としてたんだよな？　漢字がわからなくても不思議じゃない」

白須賀がメニューをどかし、顔を真っ赤《まっか》にして怒鳴る。

「違うし！　読めてたし！」

「じゃあなんで聞いたんだよ」

「内容！　漢字じゃなくて内容がわからなかったの！」

「抹茶ケーキが？」

「抹茶ケーキが！」

「日本語ってひらがな、カタカナに漢字も備わっててめんどくさいよな。日本でしか使えないから覚えて使うパフォーマンスも悪いし」

「だから漢字読めなかったって言ってないし……」

「そんな状態でうちの高校に受かるなんてすごいな」

「ま、まあね。勉強で使う漢字はちゃんと覚えるようにしてるし……」

「あ、認めた」

「あ……」

また白須賀が縮こまる。

「二学期中間の総合点数っていくつだったんだ？」

白須賀が警戒して左右を見るので、俺は内緒話をするみたいに耳を近づける。

白須賀が小さく囁《ささや》いた。

「――――」

俺より圧倒的に高《たけ》ぇ……。

「たしかに自分で言うだけあって優秀ではあるんだな……」

「抹茶の漢字はテストに出てこないから読めないだけ。私は優秀。渡と一緒にしないでよ」

「さりげなくディスるな」

「事実じゃん」

「まったくいい性格してるよ……。先生に相談したのか？」

「別に、勉強には問題ないし、通知表はママも見るから、変なこと書かれたくない」

白須賀にとって母親に失望されるのが一番辛いことのように語る。

失望されたくないのはよほど母親が好きなのか。それともプライドの高さゆえか。それともどちらもか。

「クラスの連中を無視してるのも、漢字読めないのを馬鹿にされたくないからか？」

「私は優秀なのにおもしろ助っ人外国人枠にされるのは嫌なの。プライドが許さない」

「変な言葉は知ってるんだな……」

俺の中でおもしろJKにはなっているけどな、とは言わないでおく。白須賀はたぶん、良くも悪くも素直な女の子なんだと思う。俺とは違う。

そのあと注文を受けて俺は一度下がり、

「はい、ブレンドと、抹茶のムースケーキ」

配膳する。

白須賀はコーヒーとケーキの皿を交互に見てから俺に視線を移す。

「えと……、あの！」

「白須賀っていつもコーヒーだけど好きなのか？」

「え、あ、うん。ふつーに飲む」

「スミレのブレンド美味しいだろ？」

「う、うん。……たしかにリピートしたいくらい美味しかった。透明感があるけど、薄いわけじゃない」

「お、わかるんだな」

「雑味がなくて料理や甘いものとも良く合う。でもこれを淹れるのって温度や豆と水の品質管理が大変だと思う」

「俺と透乃《とうの》さんがどれだけスミレブレンドに気を使ってるか、わかってくれるかぁ……」

澄花さんのおばあちゃん。つまり先代の残したブレンドは料理のセットでお出しし、料理の邪魔をしないけどわかる人にはわかるコーヒーという条件で配合されている。

それは白須賀の言うように高い品質の豆と水から、決められた抽出時間を守ることで生み出される苦労の一雫《ひとしずく》だ。

白須賀、他人の苦労がわかるいいやつだな。と俺の中で白須賀株がストップ高だ。

「好きなだけ楽しんでいってくれ、白須賀。コーヒーのおかわりは半額でできるぞ」

「待って、違う。抹茶、のケーキは頼んでない」

俺は構わずカトラリーと伝票を添える。伝票にはコーヒーしか載っていない。

白須賀は小さな顔を横に振る。

「口止めはもういらない」

「これは漢字も読めないのに、白須賀がいつもがんばってるご褒美だ」

白須賀の目が大きく見開かれた。

琥珀《こはく》色の瞳が、複雑な形の宝石みたいに輝いて見える。

「ありがと……、一応お礼。……日本で他人とこんなに話したのは初めてかも」

白須賀は大事な宝物のように、抹茶のロールケーキを見ながら続けた。

「寂しいかって聞いたよね？」

「ああ言ったよ」

白須賀が顔を上げる。

「あのね、私、気になってる人がいるんだ」

「気になる？　お近づきになりたい、みたいな？」

「わからない。でも気になる……」

「誰だよ？」

耳を赤くし、睨むように俺を見つめた。

「え？」

俺はあまりのことに困惑すると、彼女は顔を逸《そ》らした。

「ご、ごめん、やっぱりいい！　あっち行って！　忙しいんでしょ！」

白須賀が手振りで俺を追い払う。

俺か？　まさか……。

俺に身の上話をするのは、同じような境遇の相手を求めていたのか？

白須賀は俺が離れるのを確認するとロールケーキとコーヒーをゆっくりと味わい、ディナータイムが始まる前に帰っていった。

◇

その日の営業が終わったあと、モップで床掃除をしていた。

白須賀が座っていたテーブル席の側を通る。

いつも同じ時間に来る白須賀は、偶然だけどいつも同じテーブルに座っていた。白須賀に対して特別な感情を抱いていないといえば嘘になる。境遇を聞くとシンパシーは感じてしまう。

もし白須賀が友達になってほしいというのなら、俺は……。

そう考えていると、「ねえ」とレジ締めをしていた澄花さんに声をかけられる。

澄花さんは手を動かしながら、時々ちらりと俺に視線を移す。

「白須賀さんとすごい仲良さそうだね」

「え？　そう見える？」

「うん。いっつもにこにこ話し込んでる」

「別にスミレにクラスメイトが来たから愛想良くしてるだけだよ」

「友達でもなんでもないって言ってたよね？」

「まあそうだけど、話してみると面白《おもしろ》いやつだったから」

「他の友達は呼ばないのに、白須賀さんを何回も呼んでるのはなんで？」

「別に俺が呼んでるわけじゃないよ。勝手に来てるだけ」

「ホントかな？」

「なんか珍しくえらい嚙《か》みつくじゃん。どうしたの？」

「べ、別になんでもないです」

ぷいとあっちを向いてから、澄花さんは作業を続ける。変な空気になっているような……。

「まったく子どものやきもちじゃあるまいし」

「っ……！」

澄花さんの手が止まる。

別になにげない一言のつもりだった俺も、澄花さんの異様な空気に言葉を失った。

「べ、別にやきもちじゃないし！　ただ喫茶スミレの店長としてケーキが気になったの！」

「ケーキ？」

「何回も白須賀さんにケーキを奢《おご》ってるみたいだけど、良くないです！　一回ならともかく友達相手でもラインを引かないと飲食業はやっていけません！　せ、静一郎くんがどういうつもりかは詮索したくないですが、ここは喫茶店です！　飲み物と軽食をお出ししてお金をいただく商売です！　タダでケーキを提供したら、存在理由がゆらぎます！」

子どもだったら地団駄でも踏みそうな勢いだった。

なんでそんなに白須賀とケーキが気に食わないんだ。いつもならこんな態度にならない人だ。

もしかして本当にやきもちなのか？

「まあ最近、試験前ってのもあって澄花さんの友達も来てないよな。それなのに俺が白須賀と駄弁《だべ》ってて悪かった」

澄花さんの友達はスミレにたまに来ている。

もちろん澄花さんの友達が来ると俺はキッチンに隠れてしまうのだが、友達が来たときの彼女の喜びようは知っている。

ただでさえ友達との時間を作れていないと思っている澄花さんだ。そんな人の前で、白須賀とあーだこーだと喋《しゃべ》っていたのは癇《かん》に障《さわ》ったのかもしれない。

「そーいうのじゃありません！　そんな子どもじみたことで怒りません！」

「じゃあどういう問題？」

「………」

黙るのか。

今日の澄花さんはいじいじとしている。生徒代表で堂々と壇上に立つときの澄花さんとはまったく違う。

言いたいことがあるなら言ってほしいけど、とんでもないようなことを言われそうで怖い。なら察してみせろ。静一郎。どうにか察してみせろ静一郎。

俺がじっと見つめると、澄花さんが一度目を逸らしてからこちらを横目で見る。

「いつもがんばってるご褒美だって。ケーキ……」

そのフレーズには覚えがある。自分で聞くと恥ずかしいことこのうえない。

「聞いてたのかよ」

「ずいぶん楽しそうに話してたよね」

「まあ、白須賀はコーヒー好きみたいだしな」

「へえ、コーヒーの話してたんだ……。白須賀さんとそんなに仲いいの？」

「だから仲いいとかじゃなくて……」

「仲良くなろうとするため？」

馬鹿な。別にやましい思いなど抱いていない。

「ちーがーう。俺は困ってたときにおじさんに手を伸ばされて救われたの。だから似た境遇の白須賀に、ほんのささやかでもいいから手を伸ばしたいと思っただけだよ」

俺が白須賀に感じているのはシンパシーである。友情や好意を抱いているのではなく、ただ同志だと思っているだけだ。

澄花さんは目をパチクリとさせてから、うつむいた。

「ごめん。わたし。変なこと言ってるかも……」

「いや、別にむやみに奢るなってのは正論だろ？　俺も軽はずみだったよ」

「ううん。自分のお金でケーキを奢るなら、静一郎くんがタダ働きになったって、わたしには関係ない話だから」

もちろん白須賀のケーキ代は俺の自腹でレジに入れているが、ケーキ三つ分の代金は自分で三回喫茶店を利用したに等しい。つまりだいぶ小遣《こづか》いを使っていることになる。

澄花さんがぼそっとひとりごちる。

「この前から変だよ、わたし。静一郎くんは透乃さんと同じ、家族なはずなのに……」

「この前って？」

澄花さんが黙ったので察する。

電車でのあの一件を聞いていたと、俺が白状したときだ。

「俺が悪かったんだよ。ケーキのこと。俺に注意しづらくて悩んでいたんだろ？」

「そ、そうなのかな……？」

「それ以外の理由ある？」

聞かれて聞き返す。澄花さんがお腹《なか》の辺りでいじいじと手を組んで、うつむく。

「う、うん……」

彼女は浮かない顔をしていた。

ああ、嫌だ。この空気はなんだかすごく嫌だ。

「じゃあ澄花さん、気分転換に今度二人でケーキでも食べよう！　どう？」

俺はテンションをなるべく上げて提案すると、澄花さんは、すっ、と俺を見上げる。

「そういうとこ」

「そういうとこ？」

「静一郎くんのそういううやむやにしようとするところ、嫌い！」

「うっ！」

俺の処世術が見破られている。胸を撃ち抜かれた気分になっていると、澄花さんは作業を終わらせたようで、ホールからずんずん歩いて出ていった。

嫌われた。

澄花さんにそういう振る舞いをされるのは衝撃だ。

好きになってもいけない、好きになられてもいけない。

そんな関係だからうやむやにしておきたかったのに、実際に嫌いと言われると、俺はひどくショックだった。一年くらい引きずりそうだ。

◇

「おはよう、澄花さん」

「おはよー、静一郎くん！」

朝。キッチンで挨拶したときは普通だったのに、その直後。

「あ！」と澄花さんが声を上げ、ぷい、と顔を背《そむ》けた。

できれば思い出さないでほしかった。俺も嫌な思いを再び反芻《はんすう》する。

店長とこんな状態で今日の営業を迎えなければいけないのか。

今日は地獄の土曜日営業だ。

さすがに白須賀も学校がない日まで来ないだろうと俺は安堵《あんど》していた。

というかクソ忙しい日に来られたらこっちのメンタルが持たない。

白須賀よ、土日は出不精《でぶしょう》な人間であってくれ。

しかし白須賀は俺の事情なんて考えない人間だ。

ランチからしばらくしたあと。いつもの時間。カランカランとドアベルが鳴り、金髪女子高校生、白須賀サラが来店した。

「お――」

「お好きな席にどうぞ！」

俺が声をかけるのを遮《さえぎ》って、澄花さんがにこやかに案内する。

白須賀はいつもの席が埋まっていることに気づいたのか、動揺した様子で右往左往してから、一番隅っこのテーブルに着いた。

「渡、注文」

キッチンにいた俺は嫌な汗をかきつつ白須賀の指名に従おうとするが、「はーい」とホールに出ていた澄花さんが返事する。

まずいと思ったときには遅く、澄花さんが白須賀のもとで伝票を片手にしていた。

俺は悲鳴を上げそうになる。

俺に話しかけてくる白須賀と、白須賀になにか思うところがある澄花さん。

澄花さんは営業スマイルで、白須賀はおどおどしている。

なにもないであれ。なにもないであれ。

「白須賀さん毎日来てくれるね、ありがとう！　今日はなにになさいますか？」

白須賀は澄花さんと一度目を合わせたあとに竦《すく》む。

「え、えっと……。渡は？」

「ごめんね、いま他の仕事してるから」

俺は急ぎ他の客のコーヒーを淹れる。しかし急いでいたとしても、この身体は雑にコーヒーを作ることを許さない。

「菫野さんは渡と仲いいの？」

澄花さんの華やかな営業スマイルの眉が一瞬びくんと動いた。

「いいといいなって思ってるよ。白須賀さんは静一郎くんと仲いいの？」

今日の澄花さんは絶対におかしい。だって業務に関係ない話を自分からしている。

「クラスで一番仲がいい、はず」

そんな馬鹿な。俺が一番仲がいいのは後ろの席の穏やかさの権化《ごんげ》、佐二《さじ》だ。〝私にとっては〟と入れろ。ああ、漢字どころか言葉選びも苦手なのか、白須賀よ。

「そうなんだ……」

澄花さんが一瞬表情を失った。

「菫野さん、成績、いいって聞いてる」

「がんばっているつもりだよ」

一瞬、澄花さんが俺を見た。

なにか訴えるような視線に感じる。

俺がその瞳の意図を汲み取るよりも先に、ガタンと白須賀が席を立ち、澄花さんが視線を戻す。

そして白須賀は宣言した。

「私はあなたのライバル、です！」

俺は最初聞き間違いだと思った。

しかし澄花さんの表情が消えた。

白須賀が声を張り上げたせいで一瞬店内に静寂が訪れた。

だが澄花さんが言い返さなかったため、しばらくするとまた客たちの雑談が再開する。

澄花さんは白須賀から離れ、キッチンまで足早に戻ってきた。

「ごめん。白須賀さん、注文取るの静一郎くんのほうがいいみたい」

澄花さんは困ったように笑っていた。

そして俺の返事を待たずにキッチンで別の注文をさばき始める。

俺は伝票を持たずに、白須賀のテーブルに向かった。

白須賀は俺の姿を見ると、席に座った。

「失敗したよね、私……」

白須賀にも思うところはあるようだ。

俺は憂鬱《ゆううつ》だったが、ちゃんと言うべきことを言うつもりだった。

「なあ、白須賀。俺に会いに来てるんだったら学校で話しかけてくれ。わざわざスミレに来る必要ないだろ？　さっきみたいなのは控えてくれ」

迷惑だと言うつもりはない。

澄花さんは俺の至らない行動にやきもきしていただけ。

白須賀は寂しいだけ。

俺が軽率だったのだ。

白須賀は顔を伏せたまま首を横に振る。

「違う、渡と仲良くなりたいんじゃない」

「ああ。澄花さんとお近づきになりたかったんだよな？」

「……え？」

驚いたように白須賀が顔を上げた。白須賀の琥珀色の目が俺を見る。なぜか、白須賀と本当に目が合ったのはこれが初めてのような気がした。

「俺に興味があるのかと思ったこともあったんだけどな、それなら学校で話すよな？」

「……うん」

「だろ？　となるとシンプルにお前の目当ては澄花さんだってことになる。コーヒーが気に入ったのかと思ったけど、それだと澄花さんにあんなこと言わない」

「……」

過去の俺と白須賀は似ている。だからわかった。一人でいいと強がってはいても、こいつはきっと寂しかったのだ。

「だけど澄花さんを選んだ理由がわからない。なんで澄花さんなんだ？　友達になれそうな相手ならクラスにいくらでもいるだろう」

「……」

白須賀は目を泳がせてから、観念したように伏し目がちに、震える唇を動かした。

「菫野さん。成績もいいのに家業も手伝ってて、友達もいる。プライベートを諦《あきら》めていない。私がいろんなことをそぎ落としているのにふざけんなって思っていたら興味が湧いた」

「なるほどな、白須賀らしい……、のかな？」

白須賀には澄花さんの全体像が見えていない。学校での姿しか知らないなら、そう感じるのも無理はないだろう。

実際には、澄花さんはスミレのために好成績を取り続けないといけない。もちろんスミレも潰せない。プライベートを捨てていないどころか、公私ともにがんじがらめなんだが……それはまあ、いま言わなくてもいいだろう。

「前に学校で菫野さんに声かけようとしたけど、周りに人がいっぱいいたからスミレに来るしかなくて……」

「あー、あのときのか」

第一校舎からとぼとぼ歩いてきた白須賀の姿を思い出した。

周囲に人がいないタイミングを狙《ねら》って澄花さんが目当てでずっと凸《とつ》してたわけか……。

「というか、なんでライバルとか言ったんだ？」

「私は本当は優秀だって……。本当はあなたと成績を競えるくらいの頭脳は持ってるって伝えたかった」

「伝わってないぞ……」

「そう、みたいだね。また失敗しちゃった」

しゅん、と白須賀は縮こまったあと、注文も告げずに小さなカバンとコートを抱えた。

「もう来ないよ。ごめん、迷惑かけて」

「いや、待て」

「え？」

白須賀には悪いが、いま帰られるわけにはいかない。絶対に。

「なあ白須賀。お前、諦めて帰るのか？　優秀なんだろ？」

「……なにが言いたいの？」

「実際、俺とは話せてるじゃないか。澄花さんともこんな感じで話せばいいだろう」

「……根暗みたいに言わないでよ。帰るからどいて」

「澄花さんと仲良くなりたいんだろ？　だったら話せばいい。伝わらないなら伝わるように話せばいいじゃないか。……いや、それとも、お前にはできないか？」

「……は？　その気になればできるし。渡のくせにバカにすんな」

「お、言ったな？　じゃあいまから澄花さんを呼んでくる。逃げるなよ？」

「だから逃げるわけじゃないから！」

「なら帰るな！　まだ帰るな！　帰らないでくれ！」

「……なんで渡がそんな必死になるわけ？」

「あー、そりゃあ、スミレの新しい常連を失うわけにはいかないからな」

「……そう？　大変なんだね喫茶店の従業員」

俺が董野家の居候だと知らない白須賀には想像もできまい。

このあとショックを受けた澄花さんとひとつ屋根の下で生活をする、針のむしろ状態の俺の気持ちなんて。

「いいから待ってろ。後始末をしていけ」

俺は手で制してから、キッチンに引き返す。

◇

タンタンタン、と包丁がまな板を叩《たた》く音がする。

狭いキッチンで澄花さんの手にある包丁が、玉ねぎをスライスしていく。

手際も良く、澄花さんの表情も平然としているのだが、妙に荒々しいような。

自分がまな板にのった玉ねぎになるのを想像してぞっとした。

澄花さんの異様な雰囲気に奥にいる透乃さんも気づいているようで、こっちに目配せする。

俺に動けと言ってるのかと思ったのだが、なんだかニヤニヤしている。

まさかこの人――。

「どーしたの澄花？　静一郎取られてやきもち？」

ザンッ、とはずみがついた包丁が、玉ねぎを真っ二つにする。

「やきもち？　そんな言葉でわたしの気持ちが言い表せるわけないでしょ！」

「ほうほーう？　じゃあ、すみすみ的にはどんな気持ちなのかな？」

「静一郎くんはうちの大事な、大事な従業員なんだから！　仕事そっちのけで女の子と話してたら嫌だなって思うの当たり前でしょ！」

「なるほどなるほど。店長的な意味で、やきもちじゃなかったと」

「やきもちなんかじゃないし！　これはどう考えても正当な憤りです！　わたしだっておばあちゃんのブレンドを淹れられる人がどんなにスミレにとって大事かわかってるし！　コーヒーの話がしたいならわたしがしたのに！　わかってたのに！」

澄花さんはスライスされた玉ねぎをザルに溜《た》めると、流しでガシャガシャと洗い始めた。

「なのに、あんな、当てつけみたいな真似するなんて……」

勢いづいていた澄花さんだが最後の方はしおれるようになってしまう。玉ねぎを洗う手も止まる。

「ねえ、わたし、やきもちやいてるみたいじゃない？」

「ぷっ、くっくっくっ――」

どうしてだろう、と困ったように言う澄花さんに、たまらず透乃さんは噴き出した。それから腹を抱えて笑いながら、ようやく澄花さん越しに透乃さんが顎で〝行け〟と俺に指図する。

なんでちょっかいかけた。なんでだ。恨めしい気持ちはあるが、いまは澄花さんと白須賀の禍根を解消することが優先だ。

「澄花さん。あのですね……」

ものすごく気まずくて思わず敬語になってしまう。

澄花さんが振り返り、俺を見据える。ジトーっとした訝《いぶか》しむ目と、赤い頰のアンバランス。

「なんでしょう？」

「単刀直入に言うと、白須賀は澄花さんと仲良くなりたくて、俺に近づいたらしいです」

狼狽えるとますますややこしくなると思って俺は率直に告げた。

澄花さんの目が、宙をさまよう。

「んん？」

「意味わかんないですよね。俺だって意味がわからないけど本当なんです。たしかに白須賀のやつ、俺が澄花さんと知り合いなのに気づいてから、俺に近づいてきたんだ……」

澄花さんが俺に迫る。

「じゃあライバルってなに？」

「自分もあなたくらい優秀だって言いたかったみたいです」

むむ、と澄花さんの顔が近づいてくる。

ふざけるな、と罵倒される覚悟はできていたが、澄花さんは踏みとどまる。

「不器用すぎない？」

「そういうやつなんだよ……」

俺は他人事《ひとごと》ながら情けなくなっていた。頭を抱えたくなってしまう。

でも数日前に白須賀の力になりたいと思ったのは事実なんだ。

今日がその日である。

「良ければ、いまの話を踏まえたうえで、澄花さんが注文取ってきてくれないか？　白須賀も謝りたいはずだから……」

俺が言うと、澄花さんは考え始めた。

澄花さんの脳はきっと、どう白須賀に接しようかという案にメモリを使っていると思う。白須賀をどう拒絶するかではないはずだ。

おそらく。

正直、自信がない。

やきもちをやく澄花さんなど生まれて初めて見たのだ。

それがどういう意味を持つのかを俺は測りかねていたが、なんだか顔が火照《ほて》ってきた……。

いま考えるのはやめておこう。

やがて澄花さんは俺から離れ、伝票を手に取り、ホールに出た。

澄花さんが白須賀のもとに行く。

白須賀は澄花さんがやってくるのに気づいて最初こそおろおろしていたが、澄花さんが側に寄ると、しゅんと目を伏せた。

「ご注文はいかがなさいますか？」

白須賀は言葉を用意していたようだった。

「さっきはごめんなさい」

頭を下げてから、白須賀は澄花さんをおそるおそる見上げる。

「私、人と仲良くなる方法知らないから、変なこと言ってたと思う」

「そ、そうだね。それは否定できないかな……」

澄花さんも、毒気を抜かれたようだ。あはは、と乾いた笑い。学校ではしない笑い方だ。

「私は、海外の学校だと優秀だった。でもそれはいろんなものを削ぎ落として手に入れた地位。だから菫野さんの噂を聞いたとき、悔しかった。私より学力が上なのに、お家の仕事も手伝ってるなんて悔しい」

「それでわたしに興味を持ってスミレに来たの？」

「うん。スミレはすごい綺麗《きれい》なお店だった。ケーキも美味しくて、お客さんもみんな笑顔だよ。素敵な店だなって思った。だから悔しかったけど負けたと思った。勉強もお店も手を抜いてない。むしろお店のほうに力を入れていそうなくらい……」

澄花さんはゆっくり首を横に振る。

「このお店ね、お父さんとの約束で、成績落とすと取り上げられちゃうの」

「そうなの？」

「うん、だから店も勉強も全力だよ。……でも、いろんな人に支えられてなんとかなっているだけなんだけどね」

「がんばってるんだね、すごいよ」

「……まあ、がんばってるつもりなのに、わたしにはケーキごちそうしてくれないのには、ずるいって思うけど……」

「なにそれ？」

「気づかないようにしてたことに気づかせてくれてありがとね。……意味わかんないかもしれないけど」

澄花さんはこほんと咳払いしてから、微笑を浮かべる。

「それにお店を褒めてくれてありがとう」

白須賀を見上げた。

「まだまだ知らない仲ですが、わたしと友達として仲良くしてくれますか？」

「あ、うん。……お願いします……」

白須賀はたどたどしく、お辞儀をする。

無愛想な女子高生だが、数日間観察していた俺にはわかる。白須賀は喜んでいた。

「白須賀さん、いつもコーヒーをブラックで飲んでるよね」

「うん、それがどうしたの？」

「んーとね、ブラックで飲めない人も多いからすごいなって思ってるよ。人生はほろ苦いのに、苦いコーヒーも飲めるなんてすごいなあ」

「人生とコーヒーが飲めるかどうかって関係ある？」

「そういうことを言ってる人がいるんだよ」

「ふふん、ブラック飲めないのなんて子どもくらいだよ」

「そ、そうなんだ。そうだよねえ……」

それから連絡先を交換したり、しばらく談笑していた。

俺はその間も他の客の注文をさばいていく。ランチとディナーの谷間の時間だが、店員一人で回すには厄介なくらい仕事がある。しかしここで二人の邪魔はしたくない。

やがて澄花さんが戻ってくると、伝票をキッチンに貼《は》り付けた。

「モカ、ワン」

俺が淹れたコーヒーを澄花さんはトレーにのせると、もう一つを添える。

本日のケーキであるチーズタルトだ。外側がゴツゴツとしていて中は純粋で柔らかなところが、どこか白須賀を思い浮かばせる。

結局自分も友達にはサービスしたがるんじゃないかと思ったが、そこそこ好青年の俺は口をつぐんだ。それを言うのは野暮《やぼ》というものだ。

◇

窓の外はチラホラと白いものが落ちてきて、風が唸っていた。

なのに店の中はいつも以上に暖かな気がした。

ともあれ白須賀のことはいろんな意味で解決した。

俺は白須賀とはもうスミレで会うことはないと考えていた。

なぜならあいつは噂以上にぼっちをこじらせたコミュニケーション下手くそ女子高生。ああいうやつは誰かと友達になれてもそこが限界。関係というのは育むものだとわかっていても、その術《すべ》を知らず長続きはしないものだ。

それはそれで不憫《ふびん》には思えてしまうので学校では挨拶ぐらいはしてやるか、落ち込んでいたらどんまいと声をかけてやるか、と思っていたら想定外の事態に陥った。

なぜなら白須賀は俺の事情に関してはお構いなしの少女。

二日に一回のペースでスミレに押しかけてきたのだ。

それはもう澄花さんとべったり。客が少ないとき限定とはいえ、まるで生き別れの姉妹が再会したくらいに、仲良く話し込んでいる。

しかもだ。澄花さんのほうもなにをそんなに話すことがあるのかと訝しんでいたら、なんてことはない。

「渡はいつもの友達三人と、学校にある缶コーヒーのどれが一番美味しいかって話題になってたんだけどね。コーヒー飲むなら缶より淹れたて飲めって渡は言い張ってた」

「うわー、悪い方向にもこだわりが強かったんだね、静一郎くん。それで、それで?」

二人は俺を肴《さかな》に盛り上がっているのだ。

「渡ってこだわり強いの？」

「うん。この前だって、わたしがまかないのナポリタンを余った玉ねぎとウィンナーとハムだけで作ろうとしたら、ピーマンがないとナポリタンのバランスが崩壊する、って忙しいのにピーマン刻み始めたの。まかないなのにねー」

「空気読めないね、渡」

白須賀には言われたくないぞ。絶対に。

「まあ、いつもはそのこだわりにスミレもわたしも助けられてるんだけど、たまにね」

フォローされたと思ったけど、最後に言い淀んだな、澄花さん。

「それで渡たちってクラスだと話しかけやすいグループみたいな感じになってるから、缶コーヒーの話題もクラスや先生を巻き込んで盛り上がってた」

「へえ……。ちなみに静一郎くんってクラスの女の子に人気あるの？」

話が脱線した。止めに行きたいが、俺はコーヒーを淹れている途中で動けない。こんなときでも正確に抽出時間を守る己の身体が疎《うと》ましい。

「よく女の子と話してるよ。私より話してるもん」

「ふーん……」

違うんです。比べる相手が悪いんです。白須賀がクラスではまったく話さないせいで、相対的に俺が話してるように見えるんです。

くそ、言い訳しに行きたい。

という衝動に駆られていたが、コーヒーが完成すると、澄花さんが受け取りに戻ってくる。

「あ、あの、澄花さん、違うんです」

「なにが?」

なにごともなかったかのような、澄花さんのにこやかな姿には逆に圧を感じる。

「白須賀の話。比べる相手が違うっていうか……。というか俺がいる店で俺の噂話ってどうよ?」

「別にー、これはただの従業員の素行チェックです。というか見られてないところで話してるほうが嫌じゃないですか?」

「いや、どっちも嫌だろ!」

できるなら違う話を、読んだ小説とか、見た映画の話でもしててほしい。なんで二人の間でホットな話題が渡静一郎なんだ。

「ていうか敬語」

「ん?」と澄花さんは小首を傾げる。

「俺と自分が似てるって前に言ってたけど、俺が敬語使うときがバリアなら、澄花さんのは本心を隠すカーテンだよな」

俺の指摘に澄花さんは笑みを消すと、不貞腐《ふてくさ》れたように顔を逸らした。

「さあ、どーでしょーかねー」

やきもちだ。やきもちをやかれている。

別に付き合ってるとか、そういう話ではないが、俺と澄花さんはいままで秘密を共有する同じ喫茶店の仲間であったはずだ。仲がいいと思っていた友達が、自分以外のやつともっと仲良さそうに話してるときの、妙な居心地の悪さのようなものを澄花さんは感じているのだろう。

そう、これはただ友達とか、仲間とか、そういう次元のやきもちに決まっている。なのに、なんで俺はちょっと嬉しいとか思っているんだ。

バカが。バカ野郎が。

「ちなみにサラちゃんから、静一郎くんがお店の悪口を言ったと聞きました」

「えっ？」

そんな、あいつ、喋ったのか……。

「どういうことだろうね、静一郎くん？　営業後にたっぷりと話を聞かせてもらうからね」

「あ、はい……」

口から出た災い。素直である必要はないが、嘘をつくのも最善とは言えない。

窓は風でガタガタと鳴り、外では雪が落ちている。

今日のコーヒータイムは、雪が積もるまで終わらなさそうだ。

四章　渡静一郎の動揺

ここ最近雪がよく降ると感じていたが、昨夜はかなりのものだったらしい。

夜明け前に起きたら、ついにこの辺りも銀世界。

暖房のある部屋から見る降り積もった雪は美しいのかもしれないけど、俺《おれ》は憂鬱《ゆううつ》だ。

登校するのにこの中を歩くのかとか、電車動いてるのかなとか、それ以前の問題。

つまり俺がいま暮らしているのは喫茶店なわけで、お客さんが来られるように雪かきをしなければならないのだ。

俺はさっさと支度《したく》を整え、倉庫にあるシャベルを手にスミレの店舗前と商店街に続く歩道まで雪かきを始める。積雪は五センチ未満だけど、これがアイスバーンになってベテランの常連さんたちが転ぶのも困る。

もくもくと作業を続け、灰色の雲の隙間《すきま》から朝日が見え始めた頃。澄花《すみか》さんが白い息を吐きながら、スミレから出てきた。

「あれ？　こんな早くに雪かきしてくれてたんだ！」

「まあね」

「寒がりなのにごめんね。一緒にやるよ！」

そういう澄花さんの手には、同じく倉庫に転がっていただろうシャベルが握られている。彼女なりに防寒に気を使っているのだろうけど、その姿はどちらかというと作業向きではなく余所《よそ》行き。雪に慣れていないのか？

「言われてやるより、自分からさっさとやったほうが面倒くささが半減するからな」

「まるでわたしや透乃《とうの》さんが力仕事ばっかり任せているような言い草！」

任されていると思う。

「雪かきくらい、店長であるわたしもちゃんと参加します！　スミレのためだもん！」

澄花さんが新雪をシャベルですくう。

「雪もそれほど深くないし、力任せにやると腕を痛めるぞ」

「そうなんだ。気をつけるね！」

「ていうか澄花さん、やけにテンション高いな」

シャベル片手に澄花さんの目がキラッキラになっている。

「だってこの辺り雪が積もるなんて久々なんだもん。三年ぶりくらいかも。ワクワクしちゃうよ」

「へえ、ここ最近ずっと雪降ってたから意外だ」

「うん、珍しいよ。雪が多くなったのは静一郎《せいいちろう》くんが来てからかも」

「俺が原因みたいに言うな」

「あ、静一郎くん雪男かも！」

「雨男みたいに言うな。っていうか雪男っていうとUMAになるから」

「だってもこもこだよ、静一郎くん！　雪男じゃん、雪男ー！」

ダウンジャケットにマフラーにイヤーマフまでつけてるから否定はできない。

くすくすと笑われる。

「雨ばっか降る体質は傘持つだけで済むけど、雪ばっか降る体質は呪《のろ》いだよ！」

「雪かき大変だもんね！」

「ほんとコレと寒さがあるから雪は好きになれない」

「でも静一郎くん慣れてない？　ほとんど綺麗《きれい》に片付いてるし」

「秋田の家に引き取られてたこともあったから……。あっちはもっと積もるんだよ。向こうの雪かきだとめちゃくちゃ汗かくし、ダウンジャケットなんて着ていたらむしろ風邪ひく」

「へえ、大変なんだね……」

なんか浮かない顔にしてしまった。俺の事情を話したからか？

「それに久々だから手間取ってて、勝手口のほうはまだ手をつけてない」

「あ、あっちもやらないとダメだね。郵便が届かなくなっちゃう」

「これくらいの雪ならまだ届くと思う」

俺たちは店の前の雪を邪魔にならないところに集めて通路を確保し、住宅側の玄関の方に進んだ。動き続けてふとももや二の腕がプルプル震えてて辛《つら》いけど、あと少しだ。

「ここは俺たちが使うだけだからテキトーでいいよな」

「ここもしっかりやってたら、お仕事の体力もたないもんね」

さすがの澄花さんも疲れたのかと思ったのだが、企《たくら》みがあったようだ。

「こっちはまだ踏み荒らされてなくて綺麗だし、雪だるま作らない？」

「出た、雪初心者の発想」

「えー作ろうよ！　次に雪が積もるの何年もあとかもしれないんだよ」

「澄花さんは作っててくれ。俺は作業を続けるよ」

「別に遊ぶだけじゃなくて雪かきをした結果、雪だるまを作るんだよ！」

「はいはい」

「どっちが可愛《かわい》いの作れるか競争しよ？」

「しーまーせーん」

「むむ……」

などと勝手口から歩道までの雪かきを始める俺たちだが、半分ほど片付け終わると澄花さんがちらちらと俺の方を窺《うかが》い始めた。

こういうふうに澄花さんにされると弱いのが俺だ。我ながら意気地《いくじ》のないやつだ。

俺は拳《こぶし》ほどの雪玉を作り、まだ手つかずの新雪の上で転がす。

「ん！」と澄花さんもとびきりの笑みを浮かべながら静かに俺に続いた。

しばらく二人で勝手口の周りを雪玉を転がして這《は》い回る謎《なぞ》の儀式をしてから、示し合わせたように玄関横に雪玉を並べて、さらに頭部を置く。

「静一郎くんのが大きいね」

「まあ慣れてますから」

「最初は作らないと油断させて、たっぷり柔らかそうな雪を使ってたもんね」

「いいや作るやつの腕の差だよ」

しばらくのっぺらぼうの雪だるまを見ていると澄花さんが首を傾げてから、

「ちょっと待ってて！」

と勝手口から家に入り、紙袋を抱えて戻ってきた。

「勝負は大きさじゃなくて可愛さだからね」

そう言って澄花さんは紙袋から青いボタンやら布切れを取り出し、雪だるまの前でしゃがむ。

「あー飾り付け」

澄花さんは自分が作った小さい雪だるまの顔にボタンを二つはめ込み、その下に少し曲げたヘアピンを埋め込んだ。あっという間に青い瞳《ひとみ》の笑った雪だるまになる。

「様になったな」

「まだまだだよ」

澄花さんはさらに青い端切《はぎ》れをくるくると丸めてマフラーのように雪だるまにかけてやる。

「可愛さ勝負だと完全に俺の負けだな」

これならスミレの店舗前に飾ったほうが良かったんじゃないか、というくらいの出来栄えだった。俺はセンス勝負では負けると思っているので最初から白旗を掲げている。

だというのに澄花さんは「うーん」と考え込む。どうしたのと話しかけようとしたら、彼女はさらに紙袋からボタンやらヘアピン、赤い端切れを取り出した。

「俺のまで飾り付けんの？」

「静一郎くんが寒そうだからね」

「雪だるまを俺扱いすんな」

「静一郎くんはへらへら笑ってるより素の顔にしよう」

澄花さんが口になるヘアピンを角度をつけずに埋め込もうとした。

「いや俺はもっと愛想いいだろ」

俺がしゃがんで手を出すと、勢い余って彼女の手に手が、というか指先同士が触れ合う。ただそれだけなのに澄花さんは、「ひゃ！」と小さい悲鳴を上げて後ろに下がった。

「あ、悪い」

「えっと、こっちこそごめんね。わたしの手、冷たかったでしょ」

俺の中ではショックを受けるべきなのか迷う。嫌われているということはないだろうけど、接触は避《さ》けられていた。

澄花さんははずみで落ちたヘアピンを拾い上げて、少しだけ角度をつけてから俺の雪だるまに埋め込んだ。

そこそこ愛想が良さそうに見えて悪くはない。

「どう?」

「いいね」

さきほどの気まずさをかき消すように笑い合った。

冷たい風が吹く。

自然と身震いした。立ち止まっていたせいで、身体が冷えきっていた。

「そろそろ家に戻ろう」

「そうだね」

と澄花さんが立ち上がったところで玄関のドアが開く。中からスウェット姿にダウンを羽織った透乃さんがひょっこり顔を出した。

「あ、雪かき終わった?」

「終わったよー」

澄花さんは機嫌良く答えるが、俺は訝《いぶか》しむ。

「透乃さん、俺らが雪かきやってるのわかってて自分だけ家でぬくぬくしてたでしょ」

「いやあ、この寒さは老骨にこたえるよぉ……」

わざとらしく腕を抱いて震える透乃さんに、

「見てたのなら透乃さんも雪だるま作ればよかったのに！　もったいない！」

サボりだと気づいていない澄花さんが朗らかに声をかける。

「うーん」

透乃さんが出てきて雪だるまを見下ろした。

「おそろいの雪だるま作ってるカップルに割り込んだら、来世でどんな祟《たた》りに遭うかわかんないからやめとく！」

「なにがカップルだ」

俺が突っ込むと珍しく憤慨した様子の澄花さんも続いた。

「そーだよ！　そういうこと言うと気まずくなっちゃうでしょ！　もう！」

そう言う澄花さんが耳を赤くするから俺は気まずい。

「それより二人ががんばってるからお姉さんが特別にお汁粉《しるこ》作ったから食べない？　寒かったでしょ」

「いいですね。今日は甘いものにつられますよ」

「あ、たしかにお腹《なか》へったたね」

透乃さんが踵《きびす》を返して家に戻り、澄花さんが続く。俺はそんな澄花さんの肩を軽く叩《たた》く。

「澄花さん、シャベル倉庫に戻しておくよ。貸して」

「っ！」

澄花さんは驚いた様子で俺を見た。目は丸くなり、耳は透乃さんにからかわれたとき以上に真《ま》っ赤《か》だ。

「ど、どうしたの静一郎くん？」

「いや、シャベル」

「あ、片付けてくれるの？　ありがとう、ごめんなさい……」

澄花さんがうやうやしく、俺との接触を避けるように柄の先の方を持って、シャベルを渡してくれた。

さきほどの接触といい、こんな様子の澄花さんは今日が初めてじゃない。大体白須賀《しろすが》の一件以降だろうか。

最近の澄花さんはどこか変だ。

◇

澄花さんの心境になんらかの変化が起こったのは間違いない。

それがなんなのかはわからない。俺が彼女を困らせることをしているなら、直接言ってくれるだろう。それくらいの信頼関係はあってほしい。

などと思いつつ。

「澄花さんって最近変じゃないですか?」

営業後。閉店作業も夕食も済ませ、リビングでソファに埋《うず》もれている透乃さんに聞いてしまう俺がいた。もちろん澄花さんは自室に戻ったあとだ。ぬかりない。

「んあ、そう?」

ぼんやりと透乃さんが返してきた。あまりピンと来てない様子。

透乃さんはおじさんが若い頃にやっていたであろう古い携帯ゲーム機で遊んでいた。しゃーしゃーとディスクを読み込む音がする。

「気のせいならそれでいいんだけど」

スウェット姿の透乃さんが頭をかく。

「んー、期末テストが近いんでしょ?」

「来週の初めからです」

「澄花は澄花パパとの約束があるからね」

「成績を落とせば……」

「お店は没収」

透乃さんがゲーム機から片手を離し、消える手品をするマジシャンみたいに手をぱっと広げる。

スミレは本当は畳む予定だったけど澄花さんが無理を言って続けている。

条件はただ一つ。成績を落とさず営業をする。学業と経営の両立。

「ただでさえ面倒な試験に自分の夢が乗っかってるんだからナーバスにもなるでしょ」

「そうですね。ストレスを感じないはずない」

透乃さんは起き上がり、頭を抱える。

「あああ！　お店がなくなったら私は無職だ！　この歳《とし》で実家帰りは嫌だ！」

「俺はホームレスだ……」

辛気臭いため息がリビングに満ちた。

澄花さんにとって多くの命運がかかるテストは重い。

「ていうかその条件が出来たきっかけに透乃さんが絡んでたって聞きましたよ。なんでもっと軽い縛りにしなかったんですか？」

「澄花のパパが案外頑固でね、ここまで交渉するのも骨が折れたし、それに……」

「それに？」

「澄花ならなんとかなるっしょ！　って始めちゃったんだよね」

「あんま考えてなかった……」

たしかに過度のストレスで情緒不安定というのはあるかもしれない。

俺だって、小さい頃は住む家が変わると、落ち着かない気分を感じていたと思う。

「まあでも澄花が変というか変化は感じるよね」

「どういう変化？」

どうしたものかと、透乃さんが逡巡《しゅんじゅん》してから口を開く。

「静一郎が来てからしばらくかな。ともかく仲良く話すようになってからは、中学生の澄花にはあったあの、死んでも店は守ります、みたいな壮絶な空回りがなくなったよ」

険のあるような澄花さんの姿を想像しようとするが、無理だった。

「空回りですか？」

「そうだよ。死んだら店は守れないだろ。でもそう言ってやっても、私はあくまで父娘の審判役だから言葉が届かないこともあるのさ」

ともかく。と透乃さんは続ける。

「静一郎のおかげだね」

「俺、そんなふうに言われることなんて、なに一つしてないですよ」

「おやー、おやおや？　せーいちろーはそーいう話だと弱気になっちゃうのかな？」

「そういう話ってなんですか？」

「わかってないのかな？　雪だるまちゃん？」

まったく、今回は相談相手を間違えたようだ。透乃さんじゃダメだ。

だが、透乃さん以外の誰《だれ》に澄花さんの相談をするんだと言われても問題ない。

いまの俺には頼りになる相手がいるのだ。

そう、白須賀である。

◇

翌日。登校すると下駄箱《げたばこ》の前でちょうど白須賀と出くわしたので、話しかけてみた。

「澄花ちゃんの様子が変？」

もう名前呼び。

「なにかわからないか？」

白須賀が屈《かが》み、上履《うわば》きを床に放るように置いてから、履き替える。

「それ、マウント？」

「なにマウントだよ？」

白須賀は教室に向かうべく歩き始め、俺も並んで進む。

「澄花ちゃんと付き合い長いのは渡《わたり》のほうでしょ」

白須賀は唇をとがらせた。無愛想なくせに可愛いところはあるんだな。

階段を上っていく。白須賀は歩くのが速い。

「でもさ、俺なんかより女子同士のほうが話しやすいこともあるって思わないか?」

「たしかに渡に話せないことはいっぱいありそう。私なら無理」

「やっぱりいい性格してるな、白須賀」

「素直なサラが可愛いってママ言ってた。それに渡は気づいてないかもだけど、澄花ちゃんとはいっぱい話してるし、間違ってない」

「いつもスミレで二人が駄弁《だべ》ってるの見てるから知ってるわ」

「ふふん」

「なに勝ち誇ってんだ」

「だって私のほうが澄花ちゃんと話してるかもしれない」

こいつは俺が澄花さんと同居しているのは知らないからそう思うのは無理もない。……いま俺、対抗心燃やしてなかったか?

「それは羨《うらや》ましいな」

「渡より澄花ちゃんのが優しい」

「そーでしょーねー」

「私のほうが仲いいかもね。LINE交換してるし」

「どうせトーク画面も俺の愚痴で埋まってんだろ」

俺が吐き捨てるように言うと、白須賀は意外なことに首を横に振った。

「信頼してるって言ってた。お店が終わったらいつも一緒にコーヒー休憩をしてるんでしょ？」

なんだか急に恥ずかしくなって居心地が悪くなる。

「そんなことまで話してるのかよ、澄花さん」

「羨ましい」

「休憩するだけの時間だぞ」

「ううん。仕事も勉強も忙しい。クラスのお友達との時間も作れない。だけど渡と話す時間はいつもがんばって確保しているわけでしょ？　……確保って漢字、最近覚えたんだ」

俺は、そういう見方はしていなかった。

たしかに俺があの場にいなかったら、澄花さんはコーヒーを飲みながら友達と連絡を取り合っていたのか？

でもコーヒーを淹《い》れてほしいと最初に言ったのは澄花さんだ。

いや待て。

それじゃまるで俺を優先しているみたいじゃないか。

「もしかして気づいてなかった？　澄花ちゃんが渡との時間を作るのにがんばってるの」

「いや、それは……」

ダメだ。この話はダメだ。

それではまるで俺が馬鹿《ばか》みたいじゃないか。

「……白須賀、自分が話したいだけ話すのはやめろ。俺が質問してる側だろ？」

「あ、そういえばそうだ。……澄花ちゃんが最近変な理由だっけ」

うーん、と白須賀が顔をしかめて考え出す。

「こうなったら直接聞いてみる」

「考え抜いた答えがそれかよ」

「直接聞いたほうが早い」

「そ、それはそうかもしれないけど、どう聞くんだ？」

「最近、澄花ちゃんが変な理由を渡が知りたがってるって聞く」

「お馬鹿か、白須賀？　お前はお馬鹿なのか？」

「なんで？　私、成績は渡より上だし、日本語も文字が苦手なだけで話すだけなら余裕だし。いまだってとある人に漢字をばりばり教わってるし！」

もう少し成績上げてしばらく白須賀が追いつけないようにしよう。

「あのな、俺が知りたがってる、ってのを澄花さん本人に教えたくないから、わざわざ澄花さんのお友達に聞いてるんだよ」

「そっか……」

「変な話をして悪かった。聞かなかったことにしてくれ」

「待って。私に相談したことを後悔はさせない」

白須賀は教室の前で立ち止まり、俺を手で制した。それからスマホをコートのポケットから取り出し、操作する。ＬＩＮＥの画面が出た。

「澄花ちゃんにうまいこと聞けばいいんでしょ？　返事来るまで待ってて……！」

「不安だなあ」

「頼れるのは私だけでしょ」

むぅと思いつつも、たしかにこの金髪女子高校生を信じるしかない。

「じゃあ頼んだ」

「うん」とうなずく白須賀と教室に入ってから別れる。

席に向かう途中、クラス内から驚愕《きょうがく》の視線を感じた。付き合いの悪いことに定評のある白須賀と当然のように話していたのだ、無理もない。それどころか、数日前の俺だっていまの状況を見たら驚いただろう。

「静一郎、白須賀さんと共通の話題なんてあったの？」

「ほろ苦いものがわかるもの同士のシンパシーがあるんだよ」

「なにそれかっこいい！　僕も知りたいな！」

席に着きながらおっとりとした佐二《さじ》との雑談を無難にかわす。実際には白須賀にとっての俺は澄花さんのおまけだ。話題も澄花さん一色である。

◇

放課後の営業時間。ディナータイムまでしばらくあるゆるやかな時間帯に、客が途切れたので澄花さんに今日あったことを話してみた。

「ふふん、実はサラちゃんに漢字を教えてるのはわたしなんだよ！　びっくりした？」

「いや白須賀の友達って澄花さんだけなんで予想つくわ」

「サラちゃんの友達は少なくとも二人でしょ？」

「絶対、あいつは俺を友達だって認めないだろうけどな」

俺はコンロにかけていたケトルが沸いたので動き出す。一分用の砂時計を逆さにし、電動ミルでコーヒー豆を挽く。

「注文ないのにどうしたの？」

「客に出す前に新しく仕入れた豆を味見しとこうかなって。透乃さんがやってるだろうけど」

準備を終えて、砂時計の砂がすべて落ちるのを待つ。

「そっか、いつもありがとう」

「住む家を守るためなら最善を尽くす」

「えらいえらい」

気のせいかもしれないが澄花さんは疲れているようにも見える。やはり試験が原因か？

「試験の対策どう？」

「バッチリだよ」

「さすが優等生」

「この店を守るためなら最善を尽くす、でしょ？」

「無理してない？」

「ごめん、心配してくれてありがとうね」

ぺこっと澄花さんがお辞儀する。

俺はどうしても素直にその言葉を受け取れない。

喫茶スミレはなんとか黒字で経営されている。だけどそれは透乃さんいわく、最低時給を割っている俺や、八面六臂《はちめんろっぴ》で活躍する澄花さんというチート技があるからだ。

これ以上人件費がかさめば赤字になってしまうから、澄花さんは休めない。

「本当に大丈夫？」

「成績を落としたら店は没収、赤字を出しても店は没収！　そんな条件をつけてきたお父さんが、急に男子高校生を預かってくれとか言ってきたのに条件を緩和してくれませんでした！　でも幸いにも、その男子高校生ががんばってくれてるのでなんとか大丈夫です！」

「大丈夫に聞こえないんだけど……」

砂時計が落ちきったので俺はコーヒーを淹れ始める。

澄花さんがいたずらっぽく笑った。

「大丈夫じゃないのは静一郎くん自身だったりして？　もしテスト自信ないなら勉強教えようか？」

「いや平気、こっちも自信はあるから」

「へぇ」

俺は自信がないのをさとられないように視線を逸らす。

「大丈夫、静一郎くん？」

「心配するなよ、試験くらい」

「違う、コーヒー！」

「おっ！」

思考とは違うことを指摘されて焦《あせ》ったものの、淹れていたコーヒーは問題ない。もとより抽出時間は身体が覚えているから失敗するわけがない。サーバーには一杯分のコーヒーを淹れていたのだが……あれ？　二杯分だ。

「静一郎くん、これ味見だよね？　淹れすぎじゃない？」

「そうだな、ごめん。分量間違えた」

「やっぱり大丈夫じゃないよね？」

「粉の時点で多いから味見には問題ない」

湿った粉の上の泡もちゃんとドーム状に膨らんでいる。前の客に淹れたのを無意識に繰り返したのか、あるいは昔の、家族に淹れていたときの癖が出たのか。

「そうじゃなくて、コーヒー苦手なんでしょ?」

「どこかの誰かさんと違って飲めないほどじゃないし」

「どこかの誰かさんって誰かな?　んん?」

俺はサーバーからカップにコーヒーを移し、一口飲む。

「どう?」

口の中でコーヒーの匂《にお》いと苦みが広がり、少し遅れて酸味とわずかな甘みが花開くように伝わってくる。うっかりしていてもちゃんと美味《うま》い。小さい頃から染み付いていた技術というものか。……少し昔のことを思い出してしまう。だめだ、澄花さんの前だぞ。

「いいと思うよ。これならコンビニのコーヒーより高い金を出す気にはなるかな」

「……うん」

俺はそのままコーヒーを飲み進める。

澄花さんはなぜか浮かない顔をしていた。

「静一郎くん、やっぱりコーヒー好きだよね?」

「いや、まさか。そんなウソついてどうするんだよ。俺はコーヒーが苦手です」

「こんなにコーヒーの匂いがする人なのにな」

澄花さんの鼻がすんすんと小さく揺れる。

「嗅いだな……。俺の部屋に来たときみたいにまた変な空気になるだろ」

「ご、ごめん。でもコーヒー苦手な人が、身体に染み込むくらいコーヒーに携わるのに耐えられるものなのかなって疑問で……」

そんなに俺からコーヒーが臭うものなのかと袖口《そでぐち》を嗅いでみるが、なんともない。

「だからもとは家族に淹れてたもんだから、自分で飲むのはなんかしっくり来ないんだよ」

「前にも聞いたけど、それは苦手なんじゃなくて……、んー？」

彼女が興味深げに俺の持つカップをまじまじと見た。俺はなんだか気まずくて、カップを隠すように澄花さんから遠ざける。

「無理するなって。お客さんにコーヒー飲めないのバレるぞ」

「静一郎くんが美味《おい》しそうに飲むから、わたしも飲みたい」

「……そんなふうに飲んでたか？」

「お願い、コーヒー一杯淹れて！」

澄花さんはコーヒーが苦手な俺が飲んでいるコーヒーの味に興味津々だった。こうなった澄花さんは止められない。俺は渋々、サーバーに残っていたわずかなコーヒーをカップに注《そそ》ぐ。

「はぁ……、どうぞ。お客様」

「いただきます！」

まあ、結果は火を見るより明らかなのを俺は知っている。

澄花さんはわくわくと瞳を輝かせ、カップに口をつけて一口飲み、細い喉元《のどもと》が鳴り——。

「にがあ……」

予想通りだ。あー、あー……。

澄花さんは、開いた口を手で覆《おお》いながら涙目。

「ほら言ったでしょうが。早く、口直ししなさい！　はい、水！」

「ごめんなさい……、あ、苦すぎて鼻水が……」

鼻をすすった澄花さんはコーヒーのダメージでたどたどしい動きをしながら、俺が差し出した水のコップを持つべく、カップを置き——。

「あっ！」

手を滑らせた。不注意にもキッチン台に置くのが手前すぎたせいで、カップが重力につられて落下していく。まずい。あれもまた、澄花さんのおばあさんが遺したカップだ。

そう思ったときに俺は手を出していた。

「よっと」

自分でも褒めたいくらいの素晴らしい反応速度でカップを左手で受け止め、すぐにキッチン台に戻す。溢《あふ》れた褐色の液体は俺の手を盛大に濡《ぬ》らし、タイルの床に垂れた。

「あっつ」

俺は手に浴びたコーヒーを払うべく、反射的に手を大きく下に振る。

「せ、静一郎くん、大丈夫？」

俺は手を見た。

「問題なし！」

「赤くなってるよ！」

澄花さんが顔面蒼白《そうはく》で叫んだ。

「熱湯じゃないんだから大げさだよ」

コーヒーを淹れるお湯は沸騰させても適温まで冷ます。さらにドリップしてコーヒーサーバーに落とすと温度はさらに下がり、そこから澄花さんが飲むまでしばらく時間があった。

それをこの左手は一瞬かぶっただけだ。

「ああ、もう、こっち来て！」

だというのに澄花さんは慌ただしく俺の手首を摑《つか》むと流し台まで引っ張っていき、蛇口を全開にし、自分の手ごと、俺の手に水を浴びせかけた。

ちなみに俺は冬の流し台が死ぬほど嫌いだ。

「ごめん、わたしが手を滑らせたせいで……」

「ここは形見のカップを守ってくれてありがとう、じゃない？」

「ごめん、ごめんね……」

謝りながら俺の手を冷やし続ける澄花さん。

俺は我慢を試みるが、針を刺すような冷たさが手の平を蹂躪《じゅうりん》していく。

澄花さんの手が俺の手を離さない。右手で俺の手首を摑み、左手は手の甲から俺の手を覆う。

流水にさらされた状態では彼女も冷たいだろうに。

その後、何度も断ったけど手を軟膏《なんこう》と包帯で処置された。

終わったあとには即ディナータイム。その後は閉店作業。

しかし澄花さんは気に病んでいるのか、動きは精彩を欠き、キッチンの掃除やレジ締めが遅れていた。

◇

翌朝。包帯を取ると、やはりなんともない。

「ほら怪我っていうほどでもなかったろ？」

そうアピールして澄花さんに見せたのだが、「ごめんね」と彼女は浮かない様子。

「静一郎くん、今日の朝食当番わたしがやるから」

「いや、いいって。俺の当番だろ？」

「ううん、心配だから静一郎くんには次の営業時間までは包帯してもらうから」

「だから怪我《けが》してないっての。包帯してたら不便なんだからいいよ」

「いいから巻く！」

「言い出したら聞かないな、この人！」

「わたしの気がすまないの！」

などと朝から無駄な言い合いをしてしまった。

という話を学校で白須賀にした。俺の手の包帯をしつこく指摘してきたから、居候《いそうろう》のことは伏せながらだ。

「なにそれ澄花ちゃんに優しくされたって自慢？」

「どこが自慢だよ。大した怪我でもないのに、包帯を汚さないよう神経使ってるんだよ」

「わ、わたしだって、おばあちゃんに美味しい朝ご飯作ってもらってるもん！」

「なに張り合ってんだ」

「今日の朝食はエッグベネディクトと、ちゃんとエスプレッソで作ったカフェラテだった！」

「すごいな、白須賀のおばあちゃん！」

「……本当はおばあちゃんのおにぎり食べたい。でも気を使わせちゃうから言えない」

「優しいんだな、白須賀のおばあちゃん」

「うん、おばあちゃん大好き」

白須賀が操作した自販機から、ガコンと缶コーヒーが落ちてくる。

俺は昼休みに白須賀に付き合い、体育館近くの自販機コーナーについてきた。屋根があるが壁はなく、半屋外になっている。

白須賀が缶を取り出し、タブを開け、一口飲む。コーヒーのかすかな匂いが漂う。

「澄花ちゃんにいろいろ聞いた」

「どうだった?」

「渡に素直に話すのはやだ」

「まだスミレで働いてたの黙ってたのを根に持ってるのか?」

「渡ばっか澄花ちゃんと仲良くしてたのずるいから嫌なだけだし」

「それはすみませんでした」

「うん」

白須賀はもう一口飲む。店ではブラックだったのに、いまはミルクコーヒーだ。

「澄花ちゃんに渡と付き合ってるの?　って聞いた」

「……なにやってるのかな、白須賀?」

俺の顔は盛大にひきつっていることだろう。

「付き合ってないんでしょ?」

「そりゃあそうだけど。あんまりすぎて死ぬかと思ったわ!」

「じゃあ質問しても狼狽《うろた》える必要ないんじゃない？」

「え、あ……。そうですね……」

白須賀の言う通りだ。なんで俺は過剰に反応しているんだ。これじゃあ意識しているみたいじゃないか。

バカが。

このバカ野郎が。

最近の俺もどこかおかしい。なんでこんなに澄花さんのことが心配なんだ。おじさんの約束があるなら澄花さんに近づかないほうがいいのに、彼女を悩ませているものを知りたい。力になりたいと思ってしまう。

良くない。本当に良くない。

「ちなみに澄花さんは俺のことコーヒー臭いやつだとか言ってました？」

「なんで敬語？　日本語だといまって敬語使うタイミングなの？」

「なんとなくです……」

白須賀は缶を口から離して、なにも言わない。

言葉を選んでいるのか、思い出しているのかわからないが、焦《じ》れったい。

俺が立つ自販機コーナーの空間だけが、時間の流れが変わったのかと思うくらい間を置いてから、白須賀は答えた。

「澄花ちゃん、渡のことはいなくなったら困るって言ってた」

「それはまあそうですね」

「なにその自信?」

「従業員として貢献はしてると思いたいからな……」

コーヒータイムをしたときの澄花さんの横顔を思い出す。

彼女はきっと満杯のダムみたいなものなんだ。

いっぱいいっぱいのなかでやりくりしていて、たまに俺みたいな小さい川に水を放出しないとやってられない。

「最近、澄花さんにがんばらせすぎている気がするんだ。俺の生活までかかっているって重荷にしてしまってる。罪悪感だ、こんなの……」

気がつくと白須賀が目を見開いて俺を見上げていた。興味津々な顔だ。

「澄花ちゃんにそう言えばいいんじゃない?」

「言えるか、こんなこと」

「聞かれたかもよ?」

「澄花さんにどうやって聞こえるんだってのの」

「だってそこまで来てるじゃん。ほら澄花ちゃんだ」

「そんなブラフに引っかかるとでも?　澄花さんは水筒持って学校に来るようなエコな人なん

だよ」

「ホントだよ」

俺は白須賀の視線の先を追い、自分の愚かさを痛感した。

我が高校の自販機コーナーは、水分補給の観点から、体育館の側《そば》にある。つまり第一校舎や第二校舎のどちらに教室がある生徒でも利用する。

「ホントだ」

第一校舎から渡り廊下を渡ってくる澄花さんと、その友人たちが見えた。

まずい、と思ったときには澄花さんは俺たちの存在に気づいて手を振り始めた。徐々に澄花さんの友人たちが、「あれって――」とざわめく。あれ扱いされるのは心外だが、彼女たちにとって渡静一郎は、澄花さんを狙ういけ好かないやつだと認定されているのかもしれない。

「あっ……！」

なにもわかっていない白須賀が微笑《ほほえ》んで、手を振り返す。

俺はすぐ白須賀から一歩離れる。

「悪い、先に教室に戻る」

「なんで？　澄花ちゃん来るよ？」

「学校ではそういうふうに立ち回ってんだよ」

俺はそう言い残して自販機コーナーから第二校舎の方に伸びる廊下を戻った。

澄花さんを一度見る。距離があって表情までは判別できない。

しかし引き返す俺の方を見ながらなぜか立ち止まっている。友達から置いていかれているというのに、俺になにかを訴えるように立ち尽くしていた。

◇

特に有益な話も聞けず、俺としては手詰まりになった。

こうなったら直接本人に探るしかないのだが、テスト前にそんな大きなイベントに心を割くような余裕が俺の学力にはなく、後回しでもいいのかなと思いながらスミレに戻る。

衛生上の観点から包帯を外して店に出る。先にキッチンにいた澄花さんに怪我をしてないアピールをしようとしたが、彼女の様子がなにかおかしい。

料理をする手がもたついているように見えた。ここに来てから毎日、彼女の調理する姿を見ているからわかる。

「澄花さん、調子悪いなら奥で休んでてよ」

「悪そうに見える？」

「見えるね」

「……咳《せき》も鼻水も出てないし、接客業をする身として毎日体温は測ってるし大丈夫だって」

彼女は俺の顔を見ずに言う。どのみち休める時間など気休めほどしかないし、来客は途切れない。そのまま彼女は働き続け、スミレはディナータイムに突入。

なんとか本日の営業を終える。

澄花さんが心配だった俺は倉庫の片付けもそこそこに、彼女が今日担当しているホールとキッチンの閉店作業を代わりにやるべく、店舗に戻る。

ホールはまだ明かりが灯《とも》っていて、澄花さんはモップを片手にカウンターの席に座っていた。

それも、ぐったりと肩を落としている。

「澄花さん」

「っ……」

声をかけると、澄花さんは弾《はじ》かれたように立ち上がった。

「あ、静一郎くん」

「寝てたの？」

「ごめん、いま終わらせるから」

「疲れてるんだよ。ここは俺がやっておく。今日は早く寝なよ」

「大丈夫。これがわたしの仕事だから」

「澄花さんを手伝うのが俺の仕事だ」

俺は奪い取るべく彼女のモップに手を伸ばした。

「さ、触らないで！」

彼女は空いているほうの手を大きく振り、俺を拒絶すべく押し返す。

しかしその腕には力というほどの力が入っておらず、俺を押し返すどころか当たり負けし、

「あっ！」

澄花さんは濡れた床に足をとられ尻《しり》もちをつく。

運悪く、澄花さんが転ばないように手を伸ばした先には、片付けていない水のピッチャーがあった。たっぷりと氷水が入ったそれを、澄花さんは手で引っかけて倒してしまっていた。

ぶちまけられた氷水を、澄花さんは頭から盛大にかぶる。冷たい水は上から下へと、無慈悲に澄花さんの制服を濡らしていく。

「あ……」

澄花さんはあまりのことに固まり、前髪から垂れる雫《しずく》を手で受け止めていた。

「ちょ、大丈夫か、澄花さん！」

「……ご、ごめん」

カウンターの椅子《いす》を支えに澄花さんはよろよろと立ち上がる。

澄花さんの髪やスカート、袖から水が滴り落ち、エプロンの右の肩紐《ひも》もずれて外れてしまっている。澄花さんは自分のあまりにも無惨な姿に固まってしまった。

「ここはやっとくから、風呂《ふろ》入って着替えな！　風邪ひく！」

俺が言うと、一度は動き出そうとしたのに、エンジンがかからなかったみたいに脚は動かず、乾いた声で笑う。

「あはは、ごめん。最近、変だよね、わたし……」

「なにかあったの？　勉強がうまくいってないとか？」

また澄花さんが首を横に振る。

「体調が悪いとか？」

また首を横に振る。

「……あのね。静一郎くんを見てると、自分でも訳わかんなくなるときがあるんだ」

声が震えていた。

「俺を見てると？」

「今日も静一郎くんがわたしから離れてくの見て、もやもやした。別に、学校では普通のことなのにね……」

「学校？」

「覚えてないんだ……」

澄花さんの濡れた前髪が顔を隠していた。

髪から垂れる雫が、なにか違うもののように俺には見える。

「そうだよね。ニアミスなんて前からあるのに、こんなこといまさら気にしておかしいよね」

「澄花さんが嫌でやってるわけじゃないんだ、ごめん」

彼女がピクリと反応する。

「静一郎くん、本当はコーヒー好きなんでしょ？」

俺の身体が自然と強張《こわば》った。

「だから俺は味見をするだけで好きなわけじゃないんだよ」

「でも味や香りが苦手なわけじゃない」

澄花さんの言葉には逃れられない真剣さがあった。

「……そうかもな」

「わたしがコーヒーを飲めなくても好きなのは、おばあちゃんとの楽しい思い出があるから」

「知ってるよ」

「じゃあ静一郎くんは逆なんだね？」

「……」

「なんにも言ってくれないね。言えない理由も、言ってくれない……」

彼女を迷わせているのは俺の態度。

俺が無神経だったのか？　いろんなものを背負っているとわかっていながら、がんばっている彼女に踏み込まないようにしていたから。

だけどこの距離感は俺がここに来てからずっとだ。

もしそれを嫌だというのなら、変わったのは彼女なんだ。

たとえ彼女が変化を望もうとも、俺は違う。ちゃんと線引きはしなければならない。

そのはずなんだ……。

「澄花さん。テストが終わったらなにしたい？」

「え？」

俺が聞くと、彼女は不思議そうに顔を上げた。

「少しくらい時間ができるだろ？　そしたら好きなこと一つやるくらい許されるだろ」

彼女は逡巡しておそるおそる口を開いた。

「……気晴らしがしたいかも。最近、家と学校の行き来しかしてないから」

「じゃあ遊びに行こう。テストの打ち上げ。定休日にやるぐらいは許されるだろ？」

「で、でも……」

「どこがいい？　澄花さんなら動物園とか水族館が好きそうだ」

「まだ行くって言ってない！」

「行くのは強制。店長には休暇が必要だ」

寂《さび》しい思いをさせてしまったんだな、というのが俺の結論だった。

「俺が高校生活を送れているのは澄花さんがスミレを守ってくれているおかげなのに、俺はどこか他人事《ひとごと》みたいにしていたのかもしれない。一人にしてごめん」

しばしの沈黙。

彼女は俺の真意を確かめるように見つめてきたが、俺は負けじと見つめ返す。にらめっこするみたいに見つめ合って、根負けしたのは澄花さんだった。

「考えとく……」

少し微笑を浮かべていた。

ひとまずと言っていいのかわからないが、俺はポジティブに受け止める。

「よし。じゃあ早くお風呂入ってきなよ。ここはやっとくから」

「うん、お願いするね。心配かけてごめん……」

「気にするなよ。俺たちは……家族なんだから」

「……ありがとう、静一郎くん」

彼女は床に落ちていたモップを俺に渡し、濡れたエプロンを脱ぎながらキッチンを迂回《うかい》して、廊下に向かった。

いまの俺が家族という言葉を使うのは虚《むな》しい。

スミレの存続に俺が必要で、俺が生活するのに澄花さんが必要だとか、そういう言い訳が俺の頭からぽっかり抜け落ちていた。

俺は彼女との会話で、ここのところ澄花さんが心配でたまらなかったのだと気づかされた。

それはきっと理屈ではなく、感情から来た行動だ。

俺は怖い。

ただ心配するだけだったから今回は問題なかったけど、俺の心はそれ以上のなにかを彼女に求めているんじゃないかと思うと、それが怖い。

だって彼女と雪だるまを作ったとき、俺は嫌なことも忘れるくらい楽しかったんだ。

◇

翌朝。アラームの前に扉をノックする音に起こされた。

半年も過ごしていればわかるが、この雑なノックの仕方は透乃さんだ。

眠い目をこすって「はーい」と返事。寒さに身震いしながらベッドから出て、扉を開ける。

目覚めに見た透乃さんは眉間《みけん》にしわを寄せていたので俺は身構える。

「どうしたんですか?」

「店長、熱出しちゃった」

「うん?」

一瞬で脳が目覚める。

透乃さんが親指を立てて、背後の扉を指さす。

「三十八度」

「あー、あー、昨日事故って水かぶったんですよ、澄花さん」

「過労で免疫力、落ちてたのかもね」

澄花さんの部屋の扉を見る。物言わぬ扉の奥で澄花さんが苦しんでいるんだろうか。

透乃さんが下を指さしたので促されるままにリビングへ下りる。

「とりあえず市販の風邪薬飲ませてベッドに縛り付けたけど、今日、どうする？」

今日は土曜だ。

「土日は休むわけにはいかないでしょ。一番の書き入れ時なのに……」

「だよね。今週は雪がちらついたり客入りも悪かったから土日に稼がないと」

「店が没収……」

ならがんばりますか、と素直には言えない。俺と透乃さんの二人体制《ツーオペ》で土曜の客をさばくのは厳しい。店を回しきれるかは微妙なところだ。

俺と透乃さんが難しい顔を突き合わせていると、ＬＩＮＥの着信音がした。

透乃さんがスウェットのポケットからスマホを取り出して画面を開く。

しばらく透乃さんがスマホの画面を見たあと、俺に見えるようにスマホを裏返す。

それは俺も知る澄花さんのアイコンが写るトーク画面だった。

『今日は休みで』

ごめんなさい、のスタンプ。

　また透乃さんと顔を見合わせる。

　合図はないが、同時にバタバタと階段を駆け上がり、澄花さんの部屋の前に戻る。

「澄花さん、一日二日ぐらい俺と透乃さんでも大丈夫だよ」

「そう、それにバイトの子に声をかけてみれば一人くらい来てくれるかもしんないっしょ」

「それに一日だけ利益が奮わなかったとしても全体で赤字にならなければいいだけだろ？」

「そうそう、さすがに病欠は約束事の範囲外だよ。遠慮すんな。それに私は無理をしないで、静一郎をこき使うだけだし」

「ちょっと透乃さん？」

　また透乃さんのスマホからＬＩＮＥの着信音。

『ごめんなさい。お願いします』

　そして、ありがとう、のスタンプ。

　俺たちは、再び一階に下りる。

「バイトには私から連絡するよ、そのあと仕入れも行ってくる。静一郎は朝の仕込み全部任せていい？」

「わかりました。これは悠長に朝食食べてる暇もないですね」

「しくじんなよ、静一郎。なにかあったら私たち家を失うぞー！」

「じゃあプレッシャーをかけようとすんな！　さっきの言い草もなんなんだよ！」

「ごめん！」

てへっと悪びれもせず謝る透乃さん。

やりかえしてやろう。

「なにかあったら副店長の透乃さんのせいだ」

「はぁ？　副店長は静一郎だろ！」

「透乃さんですよ」

「静一郎だよ！」

「透乃さん！」

「静一郎！」

馬鹿みたいな言い合いをしながら俺たちはそれぞれの作業に向かった。

俺はコーヒーゼリーやプリンのような自家製のスイーツをレシピ通りに仕込みつつ、大量の卵を茹《ゆ》でていく。

あんな言い合いをしておいてなんだが、平日は透乃さんがほぼ一人でやっている作業だ。正面から言うのは嫌だけど尊敬はしている。

しばらくすると透乃さんがやってきて、バイトの人が一人来られると伝えてくれた。

俺は一縷《いちる》の希望を感じつつ、残りの食材の下ごしらえをマッハで終え、開店直前に透乃さんと二人でコンビニの一番高いエナドリをキメる。

そして俺たちは気力の限り戦った。

営業時間中は疲れを感じる余裕もなく、克明に覚えていることが一つもないような慌ただしさのなか、自分でもよく土曜を乗り越えたなと思う。

看板をクローズに変えた瞬間。疲れがどっと現れ、閉店作業もそこそこに部屋に戻った。

◇

階段を上って自室の前に到着すると、か細い声がした。

「せーいちろーくん、せーいちろーくん……」

振り返ると、少し開いたドアの隙間から、部屋の主《あるじ》がはみ出るように顔をのぞかせていた。四つん這いでいるのか、かなり下の方だ。

「寝てないとダメだろ」

「ご、ごめんなさい……」

澄花さんはパジャマ姿で、額に冷えるやつを張った状態だ。さすがに一日ベッドにいただけあって、繊細な髪もボサボサに乱れている。

「あ……」

と澄花さんがバランスを崩して廊下に突っ伏した。反動でドアが全開になり、跳ね返って澄花さんの頭を打つ。さらに跳ね返ってもう一度。ぽーん、ぽーん。

「いつもの優等生っぷりと違ってボロッボロだな……」

「うぅ……見ないで……」

俺は涙目の澄花さんを起こすと、ベッドに戻すべく肩を貸して、並んで部屋に入る。

澄花さんの部屋はどこかアンバランスに思えた。

家具は俺の部屋と同じように落ち着いた印象を受けるが、持ち物は可愛らしい色が散乱している。茶色いベッドにキャラクターもののモバイルバッテリーやピンクのイヤホン。アンティーク調の机に、色とりどりのペンとペン立て。

教授という肩書きの付きそうな人が使っていそうなごっつい本棚は漫画、小説、雑誌、参考書、実用書が雑多に並ぶサラダボウルさながら。澄花さんの目線の位置には動物のリアルなフィギュアが陳列されていた。

「どうしたの？　なんか欲しいものがあるとか？」

澄花さんはベッドに座る。

「うぅ……営業がどうなったか気になって」

「なんとかなったよ」

澄花さんの身体から力が抜けていった。

「よ、良かったー」

「とりあえず土曜日はね」

「に、日曜は？　やっぱりわたしも出たほうが……！」

立ち上がろうとした澄花さんの肩を押さえて、ベッドに戻す。その流れで少し話そうと俺はベッドの前で片膝《ひざ》をついてしゃがむ。いつもと違って俺のほうが視線が低い。

「病人が出ちゃいけないのは店長が一番わかってるだろ？」

「はい……」

「あとは俺たちがなんとかするから休んでな」

納得してない顔だ。まったく。

彼女がうつむきながらも少し上目遣《うわめづか》い。

「怒ってる？」

「そんなわけないだろ」

弱気な表情の澄花さんが、申し訳なさそうにごにょごにょと話し出す。

「昨日ね。営業終わったあと勉強しながら、静一郎くんがどこ連れていってくれるのかな？　提案とかしとくべきかな？　じゃあどこ行こうかな？　とか調べてたら楽しくなっちゃって、気づいたら明け方で、立ち上がったらくらっと来て……」

「怒る理由ができたような気がするんだけど」

呆《あき》れ果てるとはこのことだ。

でも俺のせいなのか？　気を配ったつもりなのに俺の打ち上げ計画が裏目っている。

「ほんとにごめんなさい……」

「いま熱は？」

「三十七度八分」

「まだ高いな……」

「お店出たいよ……。休んでたら死にたくなる」

「女子高生なのにワーカーホリックだ」

「仕事してないわたしなんて価値ないよ……」

「メンタルまで病んでやがる！」

「どーしよー、せーいちろーくん……」

「まじで泣いとる……」

つーっと澄花さんの目から涙がこぼれる。

「だって悔しいんだもん」

悔しくて涙が出る人なんだな。

「無駄に水分を使うな、水分を。……はいティッシュ」

「うん……」

ベッドの横に備えてあるティッシュの箱を渡すと、彼女は目を拭《ぬぐ》い、チーンと鼻をかむ。

「もっとしっかり者だと思ってたんだけどな。案外、打たれ弱いところもあるよな」

「いつもいっぱいいっぱいだよ」

「もしかして、朝礼で挨拶《あいさつ》したときもいっぱいいっぱいだった？　あの生徒会の代打をしたとき」

「緊張したって言ったもん！」

そういうところは親近感だなあって思うのは悪い気がして、言わないでおく。

「弱気になるのは熱にうなされてる間だけだよ。明日も思いっきり休んで、無理ならテストも前半の日程は休んだほうがいい」

「テストは絶対行く。これで学校の成績が落ちたら悔しくて泣くどころの話じゃないよ」

「おじさんだって事情を説明したら猶予はくれるんじゃない？　わざわざ血縁もない俺なんかを引き取ってくれた人がそこまで厳しいとは思えないんだけど」

「別にお父さんとの約束よりも、わたしは自分が決めたことを守れないのが悔しいの！　おとーさんなんてどうでもいい！」

「なんつー負けず嫌いだ……」

澄花さんの新たな一面を見た気分だ。

たしかに自分がわがままだとか、やりたいことやっているだけだとかアピールはしていたけど、体裁が整えられないとこんな感じなのか。

不思議なことに俺には好ましく思える。菫野家への恩だとかは関係なくて、目標に向かってがんばっている姿が素敵だとすら思えた。

「それに命はお金で買えないけど、お金がないと豊かな経験はできない。って信じてるのがお父さん。お金が関《かか》わることにはすっごいシビアになるよ」

「信じられない」

「普段は、テキトーだけどね。約束は破らないよ」

「おじさんがシビアな部分って、悪い共同経営者に借金を背負わされたせい？」

「そうだね。そうかも」

「やっぱり腹立つな、そいつ」

俺が顔をしかめていると、澄花さんがふふと笑う。

「その人ってね、お父さんが十代の頃からの親友だったんだって」

「ますます許せないな。親友を裏切るなんて。俺がおじさんに恩があるからだけじゃなくて、人間的に無理だわ」

「ちなみにいまの静一郎くんの部屋に住んでたんだよ」

「そうなの？　なんかショックだわ……」

「そ。若い頃にお父さんと、その人はスミレに住み込みで修業してたんだ。静一郎くんの部屋がその人で、わたしの部屋が昔のお父さんの部屋だったの」

「え、おじさんが住み込み？」

「お父さん、婿養子だよ。お母さんが、お父さんの名字が嫌だから婿入りしろって言ったの」

「おじさんは奥さんの尻にしかれるタイプだったのか」

「お母さん、気が強いからね、あはは……」

澄花さんのお母さんには会ったことがない。事情があって遠くで暮らしているとか。

「それでお父さんたちが結婚したあと、おじいちゃんが亡くなったから、おばあちゃん夫婦の広い部屋と住む部屋を交換したの。おばあちゃんはいなくなるまでこの部屋に住んでたんだ」

菫野《すみれの》家の二階には四部屋ある。いまは階段近くに俺の部屋と澄花さんの部屋。奥の広めの部屋がおじさん夫婦。残りの部屋が透乃さん。

「複雑だ」

「ちなみに透乃さんの部屋は、元お母さんの部屋」

「喫茶スミレの歴史だな」

「おばあちゃんは抜け目なかったからね。家を建てるときに部屋を多めに作って、居候《いそうろう》させる代わりにお給料から天引きしてたの。人件費削減のためにね。そのスキームはいまでもスミレを支えてるんだよ」

「おじさんが俺を菫野家に住まわせたのってそういう仕掛けだったんだ……」

「だからうちにいること、気にかけたり、罪悪感を持ったりする必要ないんだよ」

澄花さんは、優しい笑顔を見せてくれた。儚《はかな》げだけどどこか力強い、雨に打たれながら咲く花のようだ。

俺は悔いてしまう。俺は澄花さんの様子が変だと気を揉《も》んでいたが、澄花さんもなにかと俺を気にかけていてくれたんだ。

そんなこともわからずに、俺はなにをしていたんだろうか。

「ありがとう」

俺が言うと、澄花さんは赤らめた頰《ほお》のまま、恥ずかしそうにはにかんだ。

というか、本当になにをやっているんだ俺は。

彼女の頰が赤いのは最初からだ。相手は病人だ。いつまで話させている。

「いろいろ聞いて悪い。いまはともかく寝ておこう」

「うん。そうだね」

彼女が横になるため、腕で身体を支えて体勢を変えようとしたので、俺は手を貸した。

彼女の細い指が俺の手を取り、力を込める。

だけど彼女の力が抜けてしまい、バランスを崩してしまう。

「おっと」

俺は、自分でも褒めたくなるような反応速度で彼女の身体に手を回して支えるも、重力を味方につけた、力の入らない女子高生一人分の身体は片手では支えきれない。そのままベッドに落としてしまう。勢いは殺せたはずだけど、最悪なことに、俺はベッドに仰向《あおむ》けになった彼女に覆いかぶさるようになってしまう。俺の体重はベッドに突いた右手が支え、左手は彼女のパジャマを摑んでいた。

「っ……」

澄花さんは目で抗議したが、やがて耐えきれずに、りんごみたいに真っ赤になった顔を俺から逸らした。

開《はだ》けた彼女の胸元《むなもと》。まっすぐな鎖骨の下。下着に支えられていない二つの胸が重力に負けて横に広がり、ゆるやかな稜線が見えていた。

俺は叫びそうになりながら彼女から離れる。

「ご、ごめん」

「…………」

彼女はもそもそと布団《ふとん》を手繰《たぐ》り寄せ、身体を覆ったあと壁の方を向いた。

謝罪したけどスルーされてしまう。気まずい空気。

彼女が頭まで布団をかぶる。

澄花さん。澄花さん……。

俺にはいまの光景が脳裏に焼き付いている。

くっ、忘れろ。おじさんの顔に書き換えるんだ。

おじさん、おじさん、おじさん、おじさん――！

布団を頭からかぶっている彼女から声がする。

「……そ、そういえばサラちゃんに謝っとかなきゃ。今日、お店に来るはずだったのに、風邪うつしたら悪いから断っちゃったんだ」

「そ、そう。治ってからでもいいんじゃないか？」

「よ、よーし、じゃあ治すためにがんばります。……そうだ、解熱剤《げねつざい》って一日に何錠まで飲んでいいんでしょうね？　限界まで飲んでみますか！」

「用法用量を守りなさい……」

「そ、そうですね……」

また沈黙。

澄花さんが、もぐらみたいに、布団から少しだけ頭を出す。

「あの、静一郎くん……、なにか見てたら、忘れてください……」

「み、見てない！」

おじさん、おじさん、おじさん！

◇

自分の部屋に戻った俺は、澄花さんの部屋で交わした言葉を反芻《はんすう》しようとして、ベッドに寝転ぶと、そのまま寝落ちした。

いつもの土日だって体力を使い切るのに、今日はいつも以上に一日中働いたのだ。寝ないほうがどうかしている。

電気をつけっぱなしで夜中に目を覚ますこともなく、すぐ朝になった。

十分な睡眠を貪《むさぼ》った頭はスッキリし、おかげで新たな絶望を鮮明に感じる。

なぜなら今回はヘルプがいないのだ。

昨日透乃さんが連絡した時点で今日の予定も聞いていたので、わかっていたことだ。

制服に着替え、開店十分前。店舗の前にはすでに客が列をなしていた。

「わかってるね、静一郎」

「はい」

「二人で日曜のスミレを支えられるわけがない。それでもね、別に死ぬわけじゃないから怖がらなくていいよ」

「そうですね、命までは取られない」

「そ。いっぱいクレームついて、怒鳴られて、どやされて、メンタル壊れて、常連客も失い、いずれ家も失う。それだけだよ」

「最悪じゃねーか。これから戦場に赴く兵士に上官がかける言葉がそれですか？」

「ま、ここは居心地がいいからね。普段、良い思いをしてる分、こういうときはがんばろう」

いつもよりもりりしく見える透乃さんに聞いてみたくなった。

「そういえば透乃さんはなんで先代が亡くなった後もお店に残ったんですか？　それも店の名義を自分にするリスクまで冒して。……やっぱり澄花さんのため？」

「職場まで通勤一秒、家賃食費がかからない案件だからだよ、ふふーん」

透乃さんのゆるさは羨ましくて悔しいくらいだ。刻々と開店までの時刻が迫り、俺は緊張を禁じ得ない。

もう一回トイレに行っておこうかなと住宅側に戻ると、ふとチャイムが鳴った。

開店十分前。俺は急いで応対するために玄関を開けて、その相手に驚いた。

白須賀である。

「可愛い雪だるまセットがあった！」

「いや、なにしに来たんだ、白須賀」

「あ、あの、澄花ちゃんのお見舞いに来た！」

白須賀はビニール袋に入った高そうな果物の盛り合わせを突き出してきた。俺はそれを丁寧に受け取る。

「わざわざ来てくれたのか？」

「うん。心配だから」

しかしどうしたものかと逡巡していると、遅れて透乃さんがやってきた。

「ダメだよ、あなた白須賀ちゃんだよね？　二人と同じで明日からテスト期間でしょ。うちの静一郎ならいいけど、テスト前のよその子に風邪うつすなんて許されない。帰んなさい」

「あ、えっと……」

「俺ならいいと言うのは腹立つけど、実際その通りだ白須賀。帰ってくれ」

俺は先があるかどうかもわからないんだから、成績は二の次。いまは住居であるスミレを守るのが優先。白須賀は、態度以外は優秀な高校生なんだから学業優先。間違いない。

しかし白須賀は「でも……」と素直に帰らず、躊躇う素振りを見せる。

「じゃ、じゃあ澄花ちゃんの代わりにお店手伝う、とか！」

「その提案は嬉《うれ》しいけど無理だ、白須賀。バイトなんてやったことないだろ？」

「うん……」

「初めてのバイトが日曜の飲食店なんて、トラウマを植え付けられて引きこもりのニートになっても文句言えないレベルだ。そんな責任、俺には重すぎる」

ね、と俺は確かめるように、透乃さんに視線を移す。白須賀のプライドを変に刺激しないように言及は避けたが、そもそも白須賀に客商売ができるかという点にも大いに不安がある。あまりにリスキーだ。

透乃さんは顎に手を当て、考え込んでいた。

「透乃さん、ちょっとまさか……」

「裏方ならできんじゃない？」

「ウソだろ？」

「じゃあやる！」

急遽《きゅうきょ》、白須賀の参戦が決まった。

白須賀は透乃さんからスミレの制服の予備を受け取ると目を輝かせた。着方がわからなかったようだが、それは透乃さんがなんとかしてくれた。

「どう？　私に似合うね」

「質問と感想を自分だけで完結するな」

白須賀は制服を着られて喜んでいるようだった。たしかに腰の高い白須賀にはモダンなスミレの制服は似合っていた。

これから地獄の日曜営業だというのにマイペースな白須賀に毒気を抜かれてしまうが、俺もリラックスしたほうがいいのかもしれない。

それからすぐに開店時間になった。

土日の営業と言っても、いつもは澄花さんと透乃さんが同時にキッチンに入って連携するだけで、俺の役割は平日と変わらない。

だが、澄花さんがいない今日はフォーメーションを変えるしかない。

透乃さんが料理。

俺がコーヒー、ドリンク作り、ホール全般。

白須賀が皿洗いと表の掃き掃除。その他の雑用。

という割振りになる。

白須賀は目に見えてわくわくしていた。その顔がいつ絶望に染まるのかと俺は見ていられなかったのだが、結果、彼女はすごくがんばってくれた。

白須賀は初めてのバイトに奮闘し、グラスを一個を割った程度で済んだ。

透乃さんはクソ忙しい中、しつこく常連に話題を振られてピキピキしていた。

俺はソーサーを一つ割り、配膳を一回間違えた。あと、納得してないが注文違いのクレームが一件。

だけど全員のミスをまとめたとしても、営業開始前に想像した悲惨な状況は回避できたのだ。上出来だったと言えるだろう。

最後の客が帰ると、透乃さんは白須賀にちょっと多めの給料とクーポン券を渡し、ソファにぶっ倒れた。

白須賀を駅まで送る道中、彼女はしきりに自分の活躍を誇らしげに語っていた。白須賀は俺の予想に反してテキパキと仕事をしてくれたので、俺はうなずくしかない。バイトの募集について聞かれたが、白須賀に俺がスミレの居候だとバレそうなので適当にはぐらかした。

これを澄花さんが聞いたら即採用しそうで怖いな……。

スミレに戻ると閉店作業は最低限にして俺もすぐ休んだ。明日は定休日の月曜だし、あとのことは透乃さんに任せる。

これぐらい押し付けても許されるだろう。

スミレは危機を脱したが、俺はこれから一週間に及ぶテスト期間に突入する。

……いや、いまは考えるのをやめよう。

◇

翌朝、久しぶりに元気で万全な状態の澄花さんを見た。

よく梳《と》かされた黒髪。透き通るような白い肌。活力に満ちた大きな目と、それを彩《いろど》る長いまつげ。はつらつとした笑顔。しわ一つない高校の制服。

故郷に帰ったような安心感だ。

「このたびはご迷惑をおかけしました！」

その日初めて顔を合わせた瞬間、澄花さんは頭を下げた。

「いやいいって。スミレの制服姿の白須賀とかいう面白《おもしろ》いのも見られたし」

「いいなあ、わたしも見たかったな！　写真撮ってないの、静一郎くん！」

「そんな余裕あるわけないだろ」

「風邪ひいてる場合じゃなかったなぁ……」

「風邪ひいてなかったら白須賀は働いてないっての、まったく」

元気な澄花さんと打って変わって、俺は気分が滅入《めい》っていた。

「テスト期間が始まるのに機嫌いいの澄花さんぐらいだよ」

「静一郎くんは機嫌悪い？」

「俺は敗戦処理に行くだけだからね」

「この前は自信あったのに！」

「澄花さんこそ、熱で勉強してないのに平気なのか？」

「勉強は日頃の積み重ねが大事なんだよ。一日二日、机から離れたとしても、わたしのテストの結果は変わらないよ！」

「優等生め……」

ポツリと言う俺だが、努力をしている人を羨むことほど惨めなことはない。

俺はしょせん、そこそこ好青年を気取っているただの凡人だ。

いまは今日の科目は諦めて、後半巻き返せば格好はつくだろうと腹をくっていた。今日から毎日一夜漬けの日々を始めるとしようか。

俺がこの空間の偏差値を下げていた。

「ありがとうね」

ふと澄花さんが言う。

「別にいいって言ったろ」

「土日の営業のことだけじゃない。静一郎くんって秘密主義者なところあるけど、いつも気にかけてくれるからね。それだけは嘘《うそ》じゃない」

二つの優しい瞳が俺を見据えた。

「だからありがとう」

澄花さんは綺麗で可愛い人だと思う。

その俺の内側から湧《わ》いてくる感情は、いまの身支度を整えた彼女でも、病に臥《ふ》せっているときのボサボサ状態の彼女でも変わらなかった。

俺はこの人の知性や品性、忍耐力というものに惹《ひ》かれるんだと思う。

他人からすれば、俺の抱いている感情はもっと直接的な表現ができるのかもしれないけど、俺は弁明も反論もしない。俺の願いは、自立できるようになるまで、ただ彼女の側でコーヒーを淹れ続けること。それだけだ。

「わたしにとってね、スミレは家なんだ」

「そうりゃあそうだろ」

「住む場所っていうより帰るアイコンなのかな。いまは家にいないお父さんとお母さん。家族がいつか帰ってきてくれると思っているから、わたしはスミレを守りたいんだ」

「……家族か」

家にある柱の傷。壁のシミ、天井《てんじょう》の汚れ。多くは見えないもの。

この場所で育った澄花さんには、俺がここで暮らした時間ではまったく届かないほどの思い出があるのだろう。

少し、寂しい気持ちになる。

「もちろん透乃さんや静一郎くんもだよ」

「そう言ってくれると嬉しいよ」

なにか踏み込まれたくない部分に触れられた気がしたのに、悪い気分ではなかった。

彼女に家族と言われたからか？　承認欲求が過ぎた痛いやつみたいだ。

澄花さんは続けた。

「おばあちゃん、おじいちゃん。おかあさん、スミレで働いてくれたたくさんの人たち。もちろん静一郎くん、透乃さん。わたしにとってみんな家族。お父さんや新田《にった》のおじさんも……」

その瞬間、俺は心臓を鷲掴《わしづか》みされたような気分になる。

息を止める。

聞き間違いか？

「いま、なんて言った？」

「……もちろん静一郎くんと透乃さんも」

「そのあと」

澄花さんが頭上に疑問符を浮かべる。

「お父さんや新田のおじさん」

…………………。

「新田？」

「うん、新田のおじさん」

「それって……」

「ええとね、あの……、例の共同経営者で、お父さんの親友だった人。わたしも小さい頃に一回会ったことがあるんだ」

甘い夢が、いきなり悪夢になったような感覚。

天国に立っていたと思ったのに、床が抜けて地獄に真っ逆さま。

嘘だと叫びたい。

だけど彼女の言葉は真実だ。

おじさんの言葉がリフレインする。

〝俺はな。静一郎、お前の蒸発した親父の義理の兄弟みたいなもんだ〟

〝新田とは師匠筋が一緒なだけだ〟

澄花さんがリビングの掛け時計を確認した。
「あ、時間だ。先に行くね。……それとも一緒に行く？」
おじさんと一緒に澄花さんのおばあさんのもとで働いていた男。
菫野家に借金押し付けて消えたクソ野郎。
俺は全力で、ひきつりそうな喉に動けと命令する。
「いや、いいよ……」
「そう。じゃあ行ってきます！」
澄花さんがその場を去り、すぐに玄関の扉が開き、ガチャリと音がした。
またおじさんの言葉を思い出す。
なんで、という三文字が頭を埋め尽くす。
わかっていたはずだろ。間違えたわけじゃない。
なんで俺をここに連れてきた？
〝たしかにお前が新田の息子ならコーヒーの腕には期待してる〟
雪――。
澄花さんなら可愛らしく飾り付けする雪。
だけどそれが心の底から凍えさせるようなものだということを何故《なぜ》か思い出していた。

五章

それは降り積もる雪のように

新田静一郎《にったせいいちろう》。俺《おれ》が七歳のときまで呼ばれていた名前だ。渡《わたり》は母の旧姓になる。

新田和正《かずまさ》という名前をインターネットで検索すると、小さな記事がいくつかヒットする。

やれ日本人の新鋭バリスタだの、バリスタが教える美味《おい》しいコーヒーの淹れ方だの。

ある日、あいつが姿を消すと母さんは俺の頭をなでながらこう言った。

〝お父さんはね、遠いところに行ったんだよ〟

当時の俺は五歳か、六歳か。

子どもながらに、悲しいことが起こったんだと理解した。

それでも母さんと一緒に励まし合って暮らした。日々生活は苦しくなっても俺は我慢した。

だけど身体が丈夫ではなかった母さんは病に臥《ふ》して、帰らぬ人になった。

病院の待合室で俺は親戚だという中年の女性に尋ねる。

〝母さんは父さんのところに行ったの？〟

答えは――。

〝馬鹿《ばか》だね。あんたの親父はあんたたち親子を捨てて逃げたんだよ〟

◇

親戚の家を転々としているうちに、父親のいろいろな噂話《うわさばなし》を聞いた。

東京の良い大学に行ったとか。コーヒー好きが高じてエリートの道を踏み外したとか。それでもバリスタとして店を持ち、かなり稼いだとか。

だけど俺の人生からあいつはいなくなったから、もう関係のないことだった――。と思っていたんだけど、ただ目を逸らしていただけなのかもしれない。

おじさんと父が関係があることなんて、最初からわかっていたはずなのに。

おじさんはなんで自分に借金を押し付けた男の息子を引き取るような真似をしたんだろう。

澄花《すみか》さんが無邪気な顔で新田という名前を出したということは、きっと彼女はなにも知らないに違いない。おじさんがスミレを畳もうとしたのも、俺の父親が原因だというのに。

あれから澄花さんの笑顔を見るたびに、申し訳ない気持ちになった。

「今日で最後だね、静一郎くん！」

制服姿の澄花さんに肩を叩《たた》かれた。

ここ数日なんの科目のテストを受けたかすら記憶になかったが、今日は試験最終日だ。問題が起きていなかったあたり、無意識にこなしていたらしい。習慣が根付いてるのか。

「静一郎くん、なんだか元気ないね？」

「……そう？　ただテストに思ったより手こずっててね」

「赤点だけは取っちゃだめだよ。テスト明けに打ち上げに行く約束、楽しみにしてるから」

「あ、ああ……。そうだった」

完全に忘れていた。あまりの出来事に、記憶の片隅に追いやっていただけかもしれないけど。

「動物園かな、水族館かな、植物園やプラネタリウムとかかな？」

澄花さんが身体を左右に揺らし、歌うように唱えていた。

「俺が決めるの？」

「静一郎くんが選んでくれたところに行きたい！　楽しみだなぁ、遊びに行くの！　久しぶりだし、静一郎くんと一緒だし！」

「そっか……」

とてもじゃないが、澄花さんと一緒に遊びに行く気にはなれなかった。そんな資格が、いまの俺にあるとは思えない。これ以上、澄花さんに惹《ひ》かれるのが怖かった。

「どうしたの？　本当になにかあった？」

首を横に振り、笑みを浮かべる。こういうときこそ体に染みついた〝そこそこ好青年〟が役に立つ。でも、いま、俺はちゃんと笑えているだろうか。

「大丈夫。澄花さんと遊びに行けるなら元気出るよ」

「う、うん……」

気力を総動員したのだが、どこか彼女は浮かない表情になってしまう。

もし、俺の父親が新田だと彼女が知れば、どれだけ失望させることになるだろうか。それがいまの俺にとってもっとも哀しい。

◇

夜空の下でスマホのバックライトが俺の顔を照らす。

穴が開くんじゃないかと思うくらい同じ画面を見続けてから、ようやくかじかむ手を動かして、通話記録の一番上の相手を選ぶ。

菫野《すみれの》のおじさん。

吐きそうなくらいの思いで通話ボタンをタップして、スマホを耳に近づける。しかし、返ってきたのはツーツーという電子音だった。

この寒さだというのに手にかいた汗が気持ち悪くて、着ている喫茶店の制服で拭《ぬぐ》う。

おじさんには営業終了後から電話をかけているのに、まったく繋《つな》がらない。隙間《すきま》の多い自室で電話したら誰かに聞かれてしまうんじゃないかと玄関先で電話したが、まったくの杞憂《きゆう》だったわけだ。

俺の吐いた息が白く染まり、空に上っていき、風に吹かれてかき消えた。

おじさんが単に電話に出られないのか、海外にでもいるのか、それとも俺を避《さ》けているのかはわからないけど、少なくとも俺のもやもやする感情は解消することはない。

菫野の表札を見ると、その下に雪だるまが二つ並んでいた。

小さかった澄花さんの雪だるまはしっかりと大地に立っているが、俺の雪だるまは胴体にヒビが入って、いまにも頭が落ちそうだ。

雪に含まれていた水分量とか、大きさに対して硬さが足りなかったとか、そういう話ではない。こいつは俺だ。俺が意気地《いくじ》なしだからこんなことになっている。

俺は落ちずに耐えようとしている雪だるまの頭を、つま先でつついて地面に落とした。頭は破裂したみたいにくしゃっと崩れた。

見下ろしていると気分が悪くなりそうで目をつむる。

音がした。

心臓の音。呼吸する音。吹きすさぶ風の音。国道を走る車の音。

そして音もなく散り散りとなって落ちてくる雪。

借金を押し付けて失踪《しっそう》した共同経営者は俺の父親。

それがわかった以上、俺はこの家でのうのうと暮らしていた自分を許せない。

澄花さんを好きになっても、好きになられてもいけない？　ふざけるな。俺がスミレにいていい道理など最初からなかったのだ。

おじさんに連絡をして俺はなにがしたかったんだ？　許してもらいたかったのか？　そうだろ、おじさんは俺を連れてきたのなら、おじさんは許してくれるのかもしれない。

父親とお前は関係ないと言ってくれるのかもしれない。

その言葉を俺はなによりも欲している。

だから俺は出ていかなければならない。

俺はあの男の子どもだ。

スミレの人たちは優しすぎるから、これ以上迷惑をかけたくない。甘えられない。

それにもし、澄花さんが俺の父親が新田だと知ったら、どれだけ失望するだろうか？

それがなによりも怖い。

この家を出ていこう。

身勝手なのはわかっているけど、ここにいた日々を悪い思い出にしたくはないんだ。

スミレは好きだ。ずっといたい。

でもいてはいけない。

もう遅い時間だから俺は静かに部屋に戻る。

俺は自室で、なるべくなにも考えないよう機械的に支度《したく》をした。スミレの制服を着替え、持っていくものを集める。といっても俺の持ち物なんて、ここに来るときに持ってきたデイバッグと財布、スマホだけだ。

スミレと澄花さんに迷惑をかけるのは胸が苦しいけど、あとでメッセージで伝えるしかない。

最後に部屋を一瞥《いちべつ》する。

本当に気に入ってたんだけどな。

この部屋に本当に父が住んでいたのを信じたくない気持ちになってしまう。

なんでいつまでも俺の足を引っ張るんだと叫びたくなる衝動を抑えた。胸の中でヘビが暴れ回っているみたいな気分の悪さだ。

部屋を出た。

すると、ちょうど肩にブランケットを羽織った透乃《とうの》さんが一階から上がってきたところだった。最悪のタイミングである。いつもなら酒を飲んで部屋で寝ているはずの時間なのに、なんで今日に限って出てくるのか。

「あれ、どうしたのせーいちろー、そんなかっこうで?」

「あ、ああ……、店の蛇口ちゃんと閉めたか心配になって……」

「あー、それでフル装備? キッチン寒いもんね、なんか雪降ってるし……。私もトイレに起きたら、くしゃみ止まんないよぉ……」

「暖かくしてくださいよ。透乃さんがいなかったらみんな困るんだから」

「なんだよ、急に素直だね。せーいちろーも暖かくしないとだめだよ」

「はい、じゃあおやすみなさい」

「ん？　んん……」

透乃さんはなにか引っかかったような顔をしながら、奥に進む。

今日ばかりは透乃さんに見送られるわけにはいかない。俺は透乃さんの姿が消えるのを待ってから階段を下り、靴を履《は》いて玄関を出る。

ドアを開けた瞬間、寒さを感じたけど、他人事《ひとごと》のようだ。

そのまま進み、一体だけ崩れた雪だるまの前で止まり、ポケットから鍵を取り出す。

菫野家に来たときに澄花さんから渡された鍵だ。

それをポストに落とす。ガシャンと音がした。

違う。いまのは鍵がポストの中に落ちたにしては音が大きい。

俺は驚いて音のした方を向くと。

「出てくの？」

端的な問いかけをされた。

そこには自分の部屋に戻ったはずの透乃さんが玄関を開けて立っていた。

「と、透乃さん、どうして？」

「どうしてってその格好、ふつーに考えたら出てく格好じゃん」

言い訳を思案する。

「いや、……ちょっとコンビニへ夜食を買いに行くのがバレたくなくて」

「鍵をポストに入れて家出の現行犯じゃん」

「えっと、その……」

「澄花と喧嘩《けんか》したか？」

「違います」

「じゃあどうして？」

「それは……」

「じゃあお父さんと菫野家の関係をどっかで聞いたの？」

「な、なんでそれを透乃さんが……？」

透乃さんは小さくため息をついた。

「実は私ね、澄花のパパから静一郎と新田なんとかさんの事情は聞いてるよ」

「ど、どうして……」

抑えていた声を張り上げてしまった。それくらいの衝撃だった。

「だってそうだろ？　澄花との真剣勝負にイレギュラーを混ぜるなら、事情ぐらい話しなさいって澄花のパパに言うだろ。私、これでも公平公正な審判だからね」

透乃さんはさも当然だと言わんばかりの顔で告げる。普段、俺のことをおちょくっているときのノリだが、あいにくとこっちには腹を立てるような余裕もない。

「澄花さんは知ってるんですか？」

「ううん。知らないし教えてもいない」

「そう、ですか。良かった……」

不幸中の幸いという言葉が頭をよぎる。誰《だれ》にとっての幸いなのかもわからないけど。

「その反応だと当たりみたいだね」

「はい……」

うなずくしかなかった。これが心理戦をするボードゲームだったら俺は大敗を喫していただろう。心の動揺のままに何度も口を滑らせている。

「俺の親父が菫野家に借金を押し付けていた。スミレは良い場所だけど、俺はふさわしくない。だから出ていきます」

「静一郎が背負う必要ないんじゃないかな。澄花のパパもそう思ってんじゃない？」

俺は首を横に振る。

「背負うんじゃない。ただ澄花さんとおじさんに合わせる顔がないんです。あんな優しい人たちと、俺が一緒にいるなんて耐えられない」

「バカだね。それを、背負うって言うんだよ」

「どうとでも言ってください。俺の気持ちは変わりません」

「じゃあ無責任だとは思わないのかな？」

涼しい顔で言う透乃さんに、俺は堪えられなかった。

「俺がどういうつもりでスミレを出ていこうとしているかもわかってないくせに！　どうしようもないでしょ！　あの腐れ外道《げどう》のクソ親父が澄花さんたちに不幸を振りまいていた！　なら俺は、菫野の人たちが、せめてあんな動くゴミのことを思い出さなくていいように去るべきだ！」

拳《こぶし》を握りながら震えた。

透乃さんは臆した様子もなく眉《まゆ》をひそめる。

「いや違うだろ、静一郎」

「違うってなにが？」

「明日、っていうかもう今日だけど。……もっと言うと六時間後には、土曜営業だぜ？　忙しいぞー、それを私と店長の二人でやれってか？」

不意を突かれたというわけではない。

意識しないように目を背けていた部分を透乃さんはえぐってきた。

「……それはあとでバイトの人に連絡するように澄花さんにメッセージを送るつもりで……」

「いまは十二月後半だぞ、ピンチヒッターなんて捕まるわけないじゃん。ただでさえ常連が静一郎のコーヒー気に入ってんのにさ」

「お客さんも俺の父がやった菫野家に対する仕打ちを知れば、俺のコーヒーなんて飲みたがりませんよ」

「その判断は店長にしてもらおうかな」

「え？」

透乃さんは自分の背後の階段を顎で示す。

「澄花、聞いてんだろ。出てきなさい」

俺はいままでの行いを思い出していた。盗み聞きしたつもりはなかったけど、この家は古い。扉越しでも寝息はかすかに聞こえるし、玄関前でさっきみたいに怒鳴ったら、二階まで聞こえてしまう。

「嘘《うそ》だろ……」

俺は自分の失態に自然にうなだれてしまう。

「こんな場所で話し込んでたら嫌でも起きちゃうもんね」

「わざとここで声をかけたな」

「まーねー」と得意げな透乃さん。

「……恨みますよ」

逆恨みだとはわかっている。

「それもしゃーなしだな。あとは二人で話しなさい。従業員が辞めるときは上司に報告するもんだ。これ、大人の世界の常識」

そう言って透乃さんは今度こそ自室に戻っていった。

ここまでやっておいて無責任なのはどっちだ。

いろんな家をたらい回しにされてきたけど、透乃さんみたいな大人には、俺はスミレで初めて出会った。怠惰《たいだ》でずるくて賢《さか》しく、そして優しい。

その優しさが辛《つら》いんだと誰もわかってくれない。

透乃さんが階段を上っていく途中、階段の軋《きし》む音が二重になり、片方が階下まで下りてきた。

パジャマ姿の澄花さんが現れる。

会いたくはなかった。だっていまは目も合わせられない。

「静一郎くん？　出ていくってどういうこと？」

扉越しでよく聞こえなかったのか、確かめているのかはわからない。だけど俺は言わなきゃいけない。

嫌だ、嫌だ、と心が叫ぼうとしているが、俺は押し殺す。

「俺の父親、新田っていうんだ」

「……え？」

澄花さんは遅れて声を漏《も》らした。澄花さんにこんな話をしないといけないなんて最悪だ。

「渡は母さんの旧姓」

「えっと……新田って、あの新田さんで合ってる？」

「ああ、俺の部屋に住んでた、スミレに借金押し付けて蒸発したクソ野郎の新田。ごめん、俺も知らなかったんだ」

「そ、うなんだ……」

「俺は菫野家で生活できて楽しかった。毎日学校に行けて、スミレでは自分にも役目がある。居場所がある幸せを教えてくれたのは澄花さんとスミレだ。本当はコーヒーが好きなんじゃないかって聞いてくれたよな？」

「……うん、聞いたよ」

「好きなんだよ。味も香りも。本当はずっと好きだ。だけど、ダメなんだ」

「どうして？」

「俺にとってコーヒーは家族の味なんだ。家族が集まったときはいつもコーヒーが側《そば》にあったから、あの匂《にお》いがあると失ったものを突きつけられるみたいで嫌になる。それだけの話」

言葉にすれば、本当にそれだけのことだった。俺が嫌いなのは、コーヒーじゃない。

自分の過去と、それを振り切れない自分の弱さだ。

本当にコーヒー自体が嫌いだったら、菫野のおじさんにいくら誘われたところで断っていただろう。そんなことは最初からわかっていたのに、俺は自分で自分をごまかして、それに向き合おうともしなかった。

「どうして、言ってくれなかったの？　ずっと辛かったんだよね」

澄花さんの声は震えていた。

「澄花さんの……スミレの役に立ちたかったんだよ。それに、澄花さんにコーヒー淹れるのも好きだったたし、楽しかった。全部俺がやりたかったからやっただけ。俺は居場所が欲しかっただけなんだ」

はぁ、と息を吐く。きみの隣に、と弱音が嗚咽《おえつ》のように漏れてしまいそうで天井《てんじょう》を向く。

「俺は出ていくよ」

スミレでの思い出は俺の中では温かく輝いている。

自分の部屋があって、温かい食事に優しい同居人たち。そして教えてもらったんだ。必要とされる喜びを。

どれだけ尊いものか身に染みて感じていた。

「またあの匂いをスミレで感じて、やり直せるって思っていたときもあった。だけど、俺の父親はあいつだから。菫野家にいていいわけがない。澄花さんは被害者の子どもで、俺は加害者の子ども。それを知った以上は、いままでみたいにしていられない。澄花さんと一緒に笑えない」

ずっと父親を恨んで生きてきた。恨まずにはいられなかった。

きっと俺は、父親のことが好きだったんだと思う。いつも言葉数の少ない人だったけど、俺がコーヒーを淹れようとすると心配そうにケトルを支えてくれて、俺が淹れたコーヒーを優しい目で味わってくれる。

優しくてかっこいい自慢の父親だった。

だからこそ許せない。どうしてスミレを裏切った。どうして俺たち母子を捨てた？　どうして、どうして――。これ以上言葉を続けると、情けないものが込み上げてしまいそうだ。

ダメだ、俺の前にいるのは澄花さんだ。だから一言だけ、思いを込める。

「コーヒー、飲めるようになるまで付き合えなくて、ごめ――」

俺が言おうとしたその言葉は――、

「今日からスミレは無期限休業します！」

澄花さんの爆弾発言によって跡形もなく吹き飛ばされた。

「なっ――！」

澄花さんの発言を理解するまで十秒で済んだのは、俺にとっては奇跡的な速さだった。

「いきなりなに言い出すんだよ！」

「静一郎くんが出ていくならお店は休業すると言いました！」

「俺の代わりが必要ならバイトの人に連絡すればいいだろ！」

「家出する人にお店の方針について意見される筋合いはありません！」

「家出じゃなくて出ていくんだって！」

「家出でしょ！」

「土曜日だぞ、店開けないとダメだろ！　常連が離れるぞ！」

「常連さんを虜《とりこ》にしておいて、出ていく人に怒られる筋合いはありません！」

俺は頭を抱えたくなった。俺の一世一代の決意が無茶苦茶だ。

なんだよ。なにがしたいんだよ。俺なんていなくたっていいだろう。

「俺が無責任なのはわかってる。でも澄花さんの夢の邪魔だけはしたくないんだ」

「そんなこと思ってない。出ていくのは、静一郎くんが悩み抜いたからだって思ってるよ」

「じゃあなんで？」

「いまさら静一郎くんのいないスミレは嫌だから。静一郎くんがいないなら店は開けない。いまは看板下ろして、わたしも普通の女子高生だね」

「そんな簡単に――」

「言ってると思う？」

澄花さんの声は高潔な騎士のように堂々としていた。

澄花さんがどれだけスミレに心血を注《そそ》いでいるのかはわかっている。

〝家族がいつか帰ってきてくれると思っているから、わたしはスミレを守りたいんだ〟

親のいない寂《さび》しさを知っているから、俺は彼女の気持ちがわかる。

彼女の両親は生きていても、家にはいない。

なのにいつかみんなが帰ってくると信じてスミレを守ってきた。

「おじさんや澄花さんのお母さんの帰れる家を守っているんじゃないのかよ」

「そうだよ。だからいま、わたし、おばあちゃんがいなくなったときみたいに身体震えちゃってるもん。……ほら」

澄花さんは柱に寄りかかりながら右の手のひらを見せた。思いっきり力んだあとみたいに、か細い指が小刻みに揺れていた。

その姿は痛々しくて俺は目を背けたくなる。

「どうしよう、すごい怖いよ。家族だって何度も言ったのにわかってくれなかったのも泣きそうだし、相談してくれなかったのも辛い。……でも静一郎くんが悩み抜いて決めたことなら仕方ないと思ってるよ」

「俺は……」

割り込もうとした。でも、口を挟めなかった。透き通る声、決然とした口調。俺なんかには及びもつかない、堂々たる学園の花、菫野澄花。

「おばあちゃんの店を守りたいって思ってた。その気持ちは変わらないよ。だけどね、もうそれだけじゃないの。いまのスミレは、おばあちゃんの店じゃなくて、わたしと静一郎くんと透乃さんのお店なんだよ。だから、みんながいないと意味がない」

澄花さんは俺を釘付けにするように真剣な眼差《まなざ》しで見詰めてくる。目を合わせていられず、俺は横を向いて口を噤《つぐ》むしかなかった。

鼓膜は自分が呼吸する音を拾う。

冬の廊下は寒くて、息が白く染まりそうだった。

◇

あのあとどれくらい黙っていたかは覚えていないが、自分がいままで体験したこともないレベルの気まずい空気に俺は立ち尽くしていた。

解散したのは澄花さんが「じゃあそういうことで」と自室に戻ったおかげだ。

俺もすぐにスミレから出ていくわけにはいかなくなった。

スミレがなくなるなんてあってはならない。それだけはダメだ。

俺まで、あの男みたいにスミレに泥を塗りたくない。

澄花さんを思い留《とど》まらせる必要があるけれど、俺が話し合おうとしても平行線になる。だから透乃さんに頼るしかない。

朝まで待とう。

父も使った自室に戻る気にもなれず、朝が来るまでリビングのソファに座っていた。人生で一番長い夜だったと思う。壁に掛けられた時計の秒針の音を聞きながら過ごした。一人でいるといろいろと思い出してしまう。嫌だったこと、悲しかったこと。菫野家で過ごすようになってからあまり思い出さなかったというのに。

明るくならないうちに、階段から足音がした。一番早起きの澄花さんだ。

あんな話をしたあとでどんな顔をすればいいのかわからなくて緊張したが、澄花さんはリビングには入らずにスミレの方に向かった。

それから透乃さんが下りてきた。

俺は階段の下で透乃さんを待ち受ける。

「透乃さん！」

俺が呼びかけると、透乃さんは振り返った。もともと朝は低血圧な人だけど、今日はやけに顔色が白い気がする。

「透乃さん！」

「静一郎よ……」

透乃さんの声が地の底から響いてくるような重低音になっている。

「ん？」

それから近づいてきて、側を通り過ぎて俺の背後に回り、そっと首を抱いてきた。美女に後ろからハグされるなんて世の男子高校生なら喜びそうなものだが、俺はこの体勢がプロレスで言う、チョークスリーパーなことを知っている。

しまった、と思った瞬間には首筋に負荷がかかった。

「よくもやってくれたな！」

「なんなんですか？　苦しいですよ！」

「静一郎こそなんなんだ！　うぅ……！」

もちろんだけど透乃さんも本気で絞め殺そうとするような人ではないし、じゃれ合いで相手を打ちのめす人でもない。すぐに力を弱めて解放してくれる。

しかし透乃さんは悪ふざけをしていた様子もなく、ただ肩を落として打ちひしがれているようだった。

「くそぉ、しくじった……」

「どうしたんです？」

俺は息を整えながら言う。

「あれでいい感じで収まると思って、出歯亀しないようにおいとましたのが失敗だった……。まさか変な方向に澄花が爆発《ばくはつ》するなんて思わなかった……」

「……無期限休業の話、聞いたんですね」

「うん、廊下で澄花に出くわしたらいきなり……」

苦いものを噛《か》んだ気分になる。

「やっぱり本気なんだ……」

「そうだよ。澄花、やばいよ。インスタで一身上の都合でスミレはしばらく休業します、って投稿しようとしてたよ」

「まじかよ……」

　俺は身震いする。スミレに来てから一年は経《た》っていないが、何十年もいたつもりになっていた。あれだけ店のためにもがんばっていたのに、それが一瞬でなくなるというのか。

「スマホを奪ってなんとか投稿は阻止したけど、なんの解決にもならないよ」

「どうにかなりませんか？　透乃さんなら説得できるんじゃないかと思ったんですけど」

「どうにかって、原因作ってんの静一郎じゃん！　残れ！　定住しろ！」

「それはできないです……」

「澄花と澄花パパの約束の大前提は澄花にやる気があることだからね。……あーあ、澄花はこうなったら聞く耳もたないし、話ができそうな誰かさんも同じだし……。そして私は家を失うんだ……」

　ぐすんと鼻をすする声。

「すみません」

「謝るぐらいならどうにかしろ静一郎！」

「俺には無理です、ごめんなさい」

　透乃さんがスウェットの袖《そで》で鼻の辺りを拭った。

「……プレッシャーかけてたなら悪かったとは思ってるよ」

「プレッシャー？」

「私が静一郎に、ね。澄花に好かれてる自信はあるけど、どうも私だとあの子は遠慮しちゃうからね。澄花の本当の気持ちは静一郎に託しちゃおって思ってたのさ。大人の傲慢《ごうまん》ってやつ」

俺はなにも言えずに拳を作り、親指の爪《つめ》を人差し指にぎりぎりと食い込ませる。

「まあ無理強いはできない。静一郎の好きにしたらいいよ」

「なんでですか、なんで自分の生活もあるのに、そんなふうに言えるんですか？」

「こう言っとくほうが静一郎には効くと思うんだよね。どう？」

「……ずるいですよ」

「悪いけどそれが大人なんだよね」

「他のやつに相談してみます」

「まあ足掻《あが》いてみなよ、静一郎。自分の人生なんだ」

◇

外は明るくなっていたが空中を灰色の雲の絨毯《じゅうたん》が覆《おお》い、地面を白い雪が濡《ぬ》らしていた。骨の芯《しん》まで冷やすような雪交じりの風が吹くなか、俺は菫野家の玄関前に出ていた。電話の内容を聞かれたくなかったからだ。

俺はスマホを取り出して、最近登録したアカウントを探して電話をかける。

すぐに相手が出た。

『どうしたの、渡』

白須賀《しろすが》である。

「ごめん、今日時間あるか？」

『今日は学校休みだから塾の自習室行くつもり。家だとおばあちゃんが甘やかしてくる』

「悪いんだけど、頼みがあるんだ、聞いてくれないか？」

『用件による』

「澄花さんをどうにかしてほしいんだ。いま――」

俺は白須賀に事情を説明した。俺がスミレに帰れない理由。澄花さんが困っていること。

『スミレが休業？　というか渡って澄花ちゃんちで暮らしてたの？』

「ごめん、黙ってて……」

背に腹は代えられない。事情は文字通りすべて伝えた。うまくごまかして話せるほどの余裕はないし、それは白須賀に対して不誠実だと思った。

「澄花さんのところへ行ってくれ。白須賀」

『渡は出てくの？』

「……ああ。だから、頼む白須賀。俺の代わりに澄花さんを説得してくれ」

俺の命乞いにも似た言葉に、白須賀は短く答えた。

『私、行かない』

「そんなこと言わないでくれ。澄花さんは友達だろ？」

『友達だから行かない』

「ど、どういう……？」

『私と澄花ちゃん、友達。じゃあ渡と澄花ちゃんはなに？』

「なにって……」

『私じゃ、渡の代わりにならないよ』

「違う。俺はたまたま菫野家に厄介になっただけで。俺の代わりなんていくらでも」

『わかってないんだ。おバカ』

言ってやった、と言わんばかりに白須賀の声は明るかった。

それが腹立たしい。

「俺がこの選択をするのにどんな気持ちでいるかもわかってないだろ！　俺だってスミレが好きだ！　ここにずっといたい！　でもそれじゃあダメなんだよ！」

『じゃあ本人に直接言ったら？　それ言いたい相手って私じゃないよね？』

白須賀の即答に、俺の頭は冷えていく。

「俺は……」

そのあとなにか言おうとしてもなにも言えず、息を吸うために口を開ける。

『あのね。最後かもしれないなら言っとく。嬉《うれ》しかったよ。無愛想な私のこと、気遣ってくれて。言い忘れてたけど、あのときは、ありがとう。渡はどうかわからないけど、私は渡のこと友達だと思ってる』

俺が呆然《ぼうぜん》としていると、白須賀がすんと鼻を鳴らす音がした。

「本当に来ないつもりなのか？　だめだ、そんなの……」

『じゃあね、渡。またね』

「おい！　まだ話は――！」

無情にも通話が途切れた。

俺は通話の表示が消えるまで画面を見つめていた。

白須賀は来ないのだろう。

スミレに残された助けの手はない。

俺は人生の岐路に立たされていた。

おじさんはわかっていて俺を菫野家に連れてきた。

だからいいやと開き直るような恥知らずな強さを俺は持ち合わせていない。

これはプライドの問題だ。

加害者の息子なのに、被害者から気を使われていたなどあってはならない。

そんなの惨めすぎるじゃないか。俺は一生、彼女と対等になれない。隣にいても負い目を感じ続ける。

ふと菫野家の表札の下。雪だるまと、もう一体の残骸が目に留まる。

この残骸こそ、俺の弱さの証《あかし》だ。

降り積もる雪がいずれこの雪だるまの残骸を消してくれるのだろうか。

自分でもわかってるんだ。

そんなふうに望むことは弱さなんだって、わかってるんだ。

◇

情けないことだが、透乃さんと白須賀以外に頼れる人はいない。そもそも学校では秘密主義を通していたことが仇《あだ》になって、俺と澄花さんの関係を知っている知り合いは他にいない。

ならば自分でけじめをつけるしかない。

そう考えたものの、やはり澄花さんと顔を合わせるのが気まずくて、スミレに繋がる渡り廊下のドアを開けるのに何度も躊躇《ちゅうちょ》した。

気まずいというか、怖い。

この八ヶ月間、たしかに俺はスミレを手伝い、彼女の夢を支えているつもりだった。その関係は俺にとっては心地のいいものだった。

もう一生感じないんじゃないかと思っていた幸せという感覚を、思い出してすらいた。

だからその関係が決定的に壊れるのを見たくなくて、俺は黙って出ていこうとした。メッセージで済ませようとした。

それでも彼女に面と向かってスミレの休業を取り消すように説得し、別れを告げなければならない。

俺がそう思えているのも澄花さんとスミレが大事だから。

一度は黙って逃げ出そうとした身で言えることではないのかもしれないけど。

渡り廊下を進み、スミレのキッチンに出る。

キッチンでは、スミレの制服に着替えた透乃さんが業務用の冷蔵庫に寄りかかっていた。おやおやと、俺を見るなり期待した目になる。それから視線であっちを見ろと促してきた。

ホールのテーブルに澄花さんが私服姿で座っている。ただぼーっと窓の外を眺めているようで、澄花さんも透乃さんも、いつもならとっくに始めないといけない下準備をしていない。

俺はキッチンを出て澄花さんに近づく。

「澄花さん」

彼女は、俺の姿に気づくと少し目を丸くして、だけどなにも言わなかった。

俺は彼女から目を離せなかったし、彼女の視線が突き刺さっているのも感じていた。彼女を見たまま、踏み込んだ姿勢の俺は静かに背筋を伸ばす。

もし開店するなら一分一秒でも早く準備をしないといけない。

だけど俺たちの間だけ時間が止まったようだった。

「あ、あのさ……」

なにか話そうとしても俺の喉《のど》は固まってしまっている。

罵声の一つでも浴びる覚悟でいたが、彼女は感情をあらわにしない。澄んだ顔をしている。

普段は可愛《かわい》いらしい人が表情を消していると、人形のようだと思ってしまう。

だけどそれは俺の弱い心が勝手にイメージをかぶせているだけなんだ。

「今日は残るよ。だから店を開けよう」

「今日は？」

「相談せずに出ていこうとしてごめん。だから店が終わったあと、話したい」

「静一郎くんと、新田のおじさんのしたことは関係ない――」

俺が首を横に振ろうとすると、澄花さんはあらかじめ考えていたように言葉を続ける。

「――でもね、わたしと、静一郎くんの立場が逆だったならどうだろうって想像したんだ。きっとわたしも出ていこうとすると思う」

「ごめん、どうしようもないんだ。ここが好きだけど、ここにいたらもう罪悪感で俺はどうしようもなくなる」

「じゃあ立場が逆のときに静一郎くんなら、出ていくわたしになんて声をかける？」

「……わからないな。ただ苦い思いはしてそうだな」

わかっているけど、言う気はなかった。

「コーヒーみたいに？」

「澄花さんが飲めないくらいのね」

「こんなときでもいじわるは言うんだね」

澄花さんは少しだけ笑って立ち上がる。

「よし、じゃあ今日はお店開こうか。着替えてくるね。静一郎くんも急いでね。透乃さんも」

澄花さんが俺の側をすっと横切って、ホールから去っていく。その表情はどこか張り付いたようで、作り物のように見えた。

俺が彼女を見送っていると、透乃さんが側に寄ってきた。

「おかえりとは言えない感じだね」

「言わないでください……」

「まあいいさ。今日は営業できるんだ。今日は家を失わないで済む」

とはいえ、と透乃さんはため息をついた。

「ああいう態度の澄花は久々に見たね。前の店長が亡くなったときみたいだ」

それがどういう意図の言葉なのかはわからないけど、気持ちはわかる気がした。

澄花さんも苦い思いをしていたんだ。

それから二度と戻るつもりもなかった自室に入って着替えをした。父親もここでこうして着替えていたのかと考えたが、不思議と嫌悪感は湧《わ》いてこず、ただ虚《むな》しいだけだった。

いまは澄花さんのほうが気になっているせいだ。

部屋を出ると、ちょうど自分の部屋から出てきた澄花さんと出くわす。

「さあ、今日もがんばろう」

澄花さんはそれだけ声をかけてくると、足早に階下に下りていった。

俺も追いかけてスミレに入り、下準備を始める。

数十個の卵を茹《ゆ》で、必要な材料を倉庫から運び、必要な野菜を無心で切ってから、作り置きできるようなサラダは小鉢に作っておいて冷蔵庫にしまう。

そんなことをしているとすぐに開店時間がやってきた。

もうスミレで働くこともないと思っていたから変な気分でいた。

いつもよりまじまじと、観察するように店の光景に目を向ける。

開店を待っていた列の中に、ちょっと前にクレームをつけてきた客がいた。たしか、コーヒーの提供が遅いと言っていた人だ。

席に着くなり誰よりも先にモーニングセットをブレンドで注文してくれたので、またなにかないように、気持ちだけは大急ぎでコーヒーを淹れる。

「この前は悪かったな」

メニューをそろえて持っていくと、バツが悪そうに話しかけられた。

「え？　いえ、こちらがコーヒーの提供が遅れたせいなので気になさらずに」

くく、と客は笑う。

「淹れるコーヒーの味は同じなのに、態度は先代とは似ても似つかないんだな」

「そうなんですか？」

「……俺はせっかちでよ。同じようなことをスミレの先代にもやっちまったんだけど、あの人は怒鳴り返してきたんだ。不味《まず》いコーヒーが飲みたいのかい！　ってな……。このコーヒー飲んでると思い出すよ。常連のジジイどもはな、みーんなあの人に惚《ほ》れてたんだ」

その人はしみじみとコーヒーを味わってから、鼻歌交じりに出ていった。

こっちだって悪くない気分だ。自分の淹れたコーヒーを喜んでもらえるのは格別だ。親にコーヒーを淹れたときだって。澄花さんに頼まれたときだって、俺はずっと嬉しかったんだ。

他に、膝《ひざ》の悪い常連にも話しかけられた。

「澄花ちゃん、今日も元気だなあ。そう思うだろ、きみも」

「……ええ、まあそうですね」

俺はあれが空元気《からげんき》なのを知っている。うなずくのは躊躇《ためら》われた。

「知ってるか？　澄花ちゃんって昔は客に謝ってばっかだったんだぞ」

「え？　ミスが多かったんですか？」

「いーや。自分でコーヒーが淹れられなくてごめんなさい、ってね。先代の孫だからって常連どもが澄花ちゃんに淹れさせようとしたんだよ。習ってねえんだから仕方ねえのに澄花ちゃんは気にして謝っちゃってよ。その姿が悲しくてさ。膝を言い訳に、俺も足が遠のいてたのよ」

「へえ」

そんなにひどいわけじゃないのか、膝。

「でもよ、最近になって澄花ちゃんが明るくなったって聞いてよ。理由はこのコーヒーを飲めばわかる。こりゃあ、また常連に戻りたくなっちまったよ」

膝が悪いと嘘をついていた客がカップを持ち上げる。

「きみのおかげだろ？」

自分のコーヒーが誰かの支えになるのは嬉しい。

コーヒーなんてどこにでもある。別に俺のコーヒーじゃなくても他店のコーヒーでことたりる。エスプレッソマシーンのある店に行けばもっとバラエティに富んだコーヒーを楽しめる。

だけど喫茶スミレにとっては俺が淹れるコーヒーは必要なんだ。

きっと澄花さんにとっても……。

客が少なくなった頃、白須賀がやってきた。

「今日の澄花ちゃん、いつもと違うね。怖いくらい」

「俺のせいだよ」

俺が注文を取りに行くと、上から下へとじっくりと視線を浴びせられた。

「出ていかなかったんだね。心配しないで良かった」

「心配してないのかよ」

「当然」

白須賀はふふんと笑い、いつものテーブルに座る。

「ブレンド一つ。あと、たまにはケーキを奢《おご》りで」

「なんでお前にケーキを奢らないといけないんだ？」

「出ていくかもしれないから餞別《せんべつ》。餞別って言葉、この前覚えたんだ。澄花ちゃんに小説を読むと言語の学習に役立つって言われてやってる」

「餞別は出ていく人に、残る人が贈るプレゼントのことだ」

「じゃあこの場合なんていうの？」

「カツアゲ」

「じゃあケーキ一つ！　カツアゲでちょーだい！」

嘘の日本語を教えたお詫《わ》びにケーキを奢ってもいい気分だったので、オーダーを通す。

ブレンドと、生チョコののったチョコレートケーキを白須賀に配膳した。白須賀はコーヒーの違いにだけは鋭いやつなので、お出しするときは一瞬だけ緊張する。

「出ていかなかったのは今日だけだ。まず澄花さんと話し合おうと思って、いったん残った」

「そ」

「興味なさそうだな」

「私が心配してるのは澄花ちゃんだけだからね。渡は大丈夫そうだし」

「随分と評価されてるんだな」

「そうじゃないの？　渡ってなんでもかんでも見透かした顔して、器用にこなすようなやつなんじゃないの？　違ったっけ？」

白須賀は挑発的に目を細めた。

いつぞやの意趣返しか？　まったく、と俺は顔をしかめただろう。

「当たり前だ。俺はそういう男子高校生だからな。今回のこともちゃんと片付けてやるさ」

そう、逃げ出すことはできない。

いまはいつもみたいに営業できているけど、これは薄氷の上の平穏だ。

実際はなにもかも変わってしまった。

俺が変えてしまうんだ。

◇

訳アリの土曜日の営業をなんとか終える。

最後の客を見送ったあとはどっと疲れが押し寄せてきたが、いまさら肉体の疲れなどどうでも良かった。

ゴミの処理をして、調理器具やホールの清掃を済ます。そして表の掃き掃除……、といっても雪を除《の》けた道に雪が降り続けているので、やるのはゴミ拾いになる。

ゴミ取りトングとビニール袋を装備して外に出て、ゴミを探す。わざとポイ捨てすることがなくても、ポケットにしまいそこなったレシートが落ちていたり、どこかから風に転がされてやってきたペットボトルが落ちているものだ。

ゴミを拾いながらスミレの店舗前から住宅の玄関まで移動して、俺は足を止めた。

ポストの前。その下に並ぶ二つの雪だるま。

確かに俺の雪だるまは壊したはずなのに、なにもなかったように並んでいる。

じっくりと見る。いいや、頭だけ真新しい雪が盛り付けてあった。誰かが直したんだ。

それが誰かなんて、わかりきっている。

胸の奥がちくちくと痛みだして、俺はうなだれる。

するとスマホが振動した。ズボンのポケットからスマホを取り出す。

『ホールに来てください』

澄花さんからのメッセージだった。

俺が残ったとしても父親のことがあるから、いままで通りというわけにはいかない。

いままで楽しかった生活に影を落とすことになる。

そんなの俺は嫌だ。澄花さんだって想像してほしい。

渡り廊下を進み、スミレ側のキッチンに出る。

その瞬間、コーヒーの香りが鼻腔《びこう》をくすぐった。

透乃さんがいるのかと思ったのに、視界に映るのはエプロンをしてコーヒーを淹れている澄花さんの姿だった。俺は目を疑いながらも澄花さんに声をかける。

「……なにやってるんだ？」

「見てわかるよね。コーヒーを淹れてます」

「……味、わからないだろ」

「味はわからなくても手順はわかるから。前に見様見真似でやってお客さんに怒られたことあるから、まだお店に出せないけどね。静一郎くんがいなくなったら困るし、わたしも怖がってないで、ちゃんと練習しないと」

黙々とコーヒーを淹れる澄花さんを、どうしたらいいかわからず、俺は黙って見ていた。

緊張しているのか、ケトルが重いのかはわからないが、手が震えて、垂らすお湯の量が一定ではない。あれではスミレブレンドのクリアな味は期待できないだろう。

でも作業の順番は間違えていない。手際もいい。もしかしたら、俺に隠れてこっそり練習していたのかもしれない。

「ねえ静一郎くん。わたし、言いたいことがあるの」

じっと眺めていると、サーバーにコーヒーを落としながら、澄花さんが口を開いた。

「今日は開店ぎりぎりで話せなかったけど、やっぱりそれはだめだなって思うの」

「俺もそう思ってる……」

けじめはつけないとダメだ。わかっている。

「静一郎くん、風船みたいにどっかに飛んでいこうとしているから、ちゃんと言葉にしとかなきゃなって思った」

「覚悟はできてる。なんでも言ってくれ」

なにを言われても仕方がない。どれだけ罵倒されようとも甘んじて受け入れるほかないようなことを、俺はするのだ。

では、と澄花さんが咳払《せきばら》いした。

「静一郎くん。勤務態度はすごいいいと思う。丁寧だし、サボらない。ちゃんと清潔にもしてくれてるし、優秀だね」

店長としての評価なんだろう。そう見られていたのかと他人事のように思う。

「サラちゃんのときも人の心を察してくれる人だなと思ったよ。理性的なのに他人の心に寄り添えるのは素敵な人だとわたしは思う」

身に余る評価だ。澄花さんからそう言ってもらえるのは素直に嬉しい。だが――。

「でもね。いつも自分は器用です、みたいな顔してるのすっごいダメだと思う。静一郎くん、ぜんぜん器用じゃないよ」

「……えっと?」

「あと、たまに気取ったように振る舞うけど、ぜんぜんかっこ良くない。静一郎くんのかっこいいところはそういうところじゃないよ」

俺は面食らっていた。

こんな羞恥心を覚えるような批判をされるとは思っていなかったからだ。

「待って、そういう話なの? 俺の親父のこととか話すんじゃないの?」

「新田のおじさんの話をしてどうするの?」

「いやだってそういう流れのはずじゃ……」

「わたしは静一郎くんの話をしてるの!」

「は、はい……」

俺が水を差して、澄花さんの怒りにガソリンを注いだ。

「それと透乃さんやサラちゃんとへらへら話してるのもすっごいやだ! こう、静一郎くんがへらへら自分のクラスの女の子とも話してるの想像しちゃうし、ほんとやだ!」

「いや、へらへらしたつもりは……」

「それに打ち上げ約束してたのに、そんなこと忘れてるでしょ？　すごい楽しみにしてたんだよ、わたし……」

威勢の良かった彼女だが、最後は声が震えてしおれていくようだった。

ここに至って、ようやく俺は理解した。

俺は、彼女を怒らせたのではない。悲しませたのだ。

「……ごめん」

「おばあちゃんのカップが割れるより静一郎くんがケガするほうが嫌です」

「ごめん……」

「あと学校でわたしを避けるのも傷つきます。すごい嫌……」

「ごめんな……」

「出ていくって言って、どれだけ心配したと思ってるの？」

「ごめんなさい……」

勢いで謝ってしまった。

「わたしね、静一郎くんがいなかった頃に、お店をやっていて心が折れそうになったことがあるの。お店のことは透乃さんが支えてくれたけどわたしはなんにもわかってなかったし、おばあちゃんがいなくて不安だし、お父さんもなかなか帰ってこない」

でもね、と澄花さんは続ける。

「静一郎くんがここでコーヒーを淹れるようになってから、常連さんも喜んでくれて、わたしも気持ちが楽になったの。スミレが、おばあちゃんがいる頃みたいに楽しい場所だって思えるようになった。だからありがとう、スミレに来てくれて」

「俺だってスミレは好きだ。今日だってコーヒーを淹れていて楽しかったんだ。ずっとここにいたいと思っている」

「ならどうして？」

「澄花さんと対等になれないのが辛い。俺は加害者の息子で、澄花さんは被害者の娘だ。そんな人に優しくされたら、俺はきっと一生負い目を感じてしまうと思う。馬鹿なことにこだわってると思うよな？　でも惨めな気持ちで澄花さんの隣にいるのは辛い」

「………」

彼女から雫《しずく》が落ちる。それを見て、俺はいまさらのように自分のバカさ加減を嫌というほど思い知った。透乃さんと白須賀に、バカだ、バカだと言われるわけだ。

結局、俺がスミレから出ていこうとしているのは自分のため、自分の罪悪感から逃れるためだった。加害者の息子である自分が苦しいから逃げて、スミレから追い出されるのが怖いから逃げて、澄花さんに嫌われるのが恐ろしいから逃げた。きっと、いまいなくなれば、スミレを、澄花さんを、自分の中で綺麗《きれい》な思い出にできるから。

泣き止《や》んでほしくて手を伸ばそうとしたが、できなかった。彼女を泣かせたことにも、触れることにも気が咎《とが》める。情けない。

「気持ち、わかるよ。……わたしも早く大人になって本物の店長になって、おばあちゃんみたいに立派に店を守りたい。いまはいろんな人に支えられているけど早く自立したい。なんでもかんでも一人でやれると思ってた。でもね、一人じゃダメなんだよ」

「……俺は……」

「静一郎くんが出ていくって言ったときね。身体が震えた。いつもわたしの側で話を聞いてくれて、コーヒーを淹れてくれたよね。笑ったり、意地悪なことを言うこともあるけど、それがささやかでもわたしにとって大事な時間だったの。他の人でもいいはずだって前にも静一郎くんは言ったけど、全然そんなことないんだよ」

　澄花さんが噛みしめるように紡《つむ》ぐ一言一言が、泣きたいほどに嬉しかった。俺は、こんなにも澄花さんに必要とされていたのだ。

　しんしんと窓の外では粉雪が降り積もっている。

　彼女は俺を見上げた。

「あなたはいなくなりたいと思っている」

「……」

「もし静一郎くんがここにいる理由が必要なら、わたしが作る。わたしがスミレを守る強さをあなたがくれたようにわたしが……」

出ていく理由より、残る理由が大きければ残らざるをえないというのが澄花さんの結論だ。

この人は温かすぎると思う。

どんな灰色の雪雲の下でも、夜の闇《やみ》の中でさえ、スミレの太陽はここにある。

「お父さんが静一郎くんをここに連れてきた。だから、今度はわたしがあなたをスカウトする。このスミレでわたしを見守っていてください」

彼女は譲ってくれそうにはない。

頑《かたく》なな眼差しで、堂々としている。

だけど学校一の優等生な彼女が本当は緊張して、愚痴を言って、辛いと泣く普通の人だと俺は知っている。

俺のために勇気を出してくれている。

留まっても、立ち去っても、辛いことはいくらでもある。

なら俺は、俺を大切に想ってくれる人を悲しませることだけはしたくない。

俺は大切な人がいなくなることが悲しいと知っている。

そんなことをいまさら思い出すなんて――。

俺は返事をしなかった。

その代わりに、サーバーに満たされたコーヒーを見る。いつの間にか、コーヒーは最後の一滴まで落ちきっていた。

「これ、もらうよ」

俺は勝手にコーヒーをカップに注ぐ。

澄花さんは戸惑った顔をしていた。返事もせずに俺が動いたのだ、当たり前だ。

しかし、これは俺にとって大事なことなんだ。

「………」

口をつけると、香ばしさと、苦み、遅れて酸味が舌を刺激した。やはり雑味がある。少し冷めていたせいもあって、お世辞にも美味《うま》いとは言えない味だった。だけど、心の奥底に彼女がいるような、温かい気持ちになれるコーヒーだった。

「美味しいよ」

「え？」

「でもまだお客さんには、俺が淹れるほうが良さそうだ」

「それって……！」

コーヒーを飲むたびに、自分の置かれた状況がどうしようもないことを思い出させてくるのが嫌だった。だけど、もう俺の居場所は澄花さんの横にある。

父と同じ店で働き、同じ部屋で暮らす。でも俺はスミレに残る。

そうするのは恨みや当てつけなんかじゃない。

俺は澄花さんに救われた。

救われたという一言で済まされることじゃない。なにがあっても俺が加害者の息子で澄花さんが被害者の娘だということは変わらない。

だとしても俺のことを真剣に考えてくれたことが救いなんだ。

この人に報いたい。この人を支えたい。

俺にとってコーヒーは家族の味で、それはずっと変わらない。だからきっと、俺はこれからコーヒーを飲むたびだんだんと、スミレを、そして、澄花さんを想《おも》うことになるのだろう。

コーヒーを飲み干したところで、胸に、ドン、と小さな衝撃が走った。

「っ……」

澄花さんが俺の胸に飛び込んできた。

俺の背中になにかが這い、停止する。それが彼女の両手だと気づいて、ようやく俺は彼女に抱きしめられていることに気づく。

彼女は震えていた。

顔は見えないが、その耳の先も、うなじも全部真っ赤《まっか》に染まっている。

彼女の体温。匂い。呼吸。重力にしたがってさらさらと垂れ下がる黒髪。

澄花さんの存在が、俺の感覚を通して伝わってくる。

「澄花さん？」

「ほんの少しでいいから、このままでいさせて……ください」

俺は、彼女の身体に手を回す。

あまりにも細くて小さい。

こんな身体で不安なことを我慢して、笑顔でがんばって、たまに爆発して——。

「俺に触られそうになるとすごい嫌がってたのに、いまはいいの？」

「あれはすごい恥ずかしかったからだよ」

「いまは平気なんだ」

俺は手汗とかすごいのに……。

「いまもすごい恥ずかしい……」

「そうだよな」

「やっぱり静一郎くん、コーヒーの匂いがするね」

「嗅ぐなよ」

「……ごめん」と彼女は俺の胸に顔を埋《うず》めて笑っている。

またぎゅっと背中を摑《つか》む力が増す。それが心地良い。

「俺のほうこそ、ごめんな。雪だるま、直してくれてありがとう」

「どういたしまして……」

俺も、もしかしたら澄花さんも、きっとまだ口にしていない言葉がある。

だけど、まだ、いまはこのままでいい。いまここにある幸せだけを分かち合いたい。

そうしてしばらくの間、相手がそこにいるのを確かめ合っていた。
粉雪が、静かに積もっていく音がした。

エピローグ

『おう、静一郎《せいいちろう》、元気してたか？』

ようやく電話に出たと思ったら、渋い声が臆面もない明るさで尋ねてくる。昨日までの針のむしろに座るようだった俺《おれ》の気持ちもつゆ知らず、俺は脱力しそうになる。

もちろん相手は菫野《すみれの》のおじさんだ。

「元気ですよ」

『そうか良かった。うちは古いが居心地はいいはずだからな。それでどうした？』

「えっと……、っていうか数日前から何度も電話してたんですけどなにしてたんですか？」

『あー、さっきまで仕事で海外にいたからケチって私用のスマホの電源切ってたんだよ。国際電話もかかってこなかったら料金も発生しないだろ？　そっちは伊吹《いぶき》ちゃんいるし、二、三日なら平気かなって思ってさ、悪かったな』

まじでいい加減だな、この人。っていうか透乃《とうの》さん、伊吹ちゃんって呼ばれてるのか。スミレの歴史的には後輩だもんな。

「海外ってどこ行ってたんですか？」

『ニューヨーク！　ニューヨークはやばいぞ、マジで物価が高くて外食なんてしてられない。俺なんかホテル代削って地下鉄で寝てやろうかと思ったんだけどさ、知ってるか？　こっちだと地下鉄が二十四時間営業なんだぞ。まあでもタクシーの運転手にそれは危ないからやめとけって止められたんだけどな』

「いま日本の空港ですか？」

『そうそう』

「おじさんが無事に帰ってきて良かったですよ」

わはは、と笑い声。色黒で筋骨隆々《きんこつりゅうりゅう》のおじさんの姿を思い出すと大丈夫な気もするが、澄花《すみか》さんのためにも危ないことはしてほしくない。

『それでどうした？　用事あんだろ？』

電話をかけておいて用事を言わないから探られる。

俺も覚悟を決めるしかない。

「あ、あのですね……」

突然、ごほっごほっ、とおじさんのむせる声がした。

『ま、まさか静一郎、お前。澄花に手を！』

「ち、違います！」

ようやく声を振り絞り、勢いのまま続ける。

「俺のクソ親父がここに居候《いそうろう》していたって知りました！」

しばらくの沈黙。

それからどこか力のない声で『そうか』と短く返ってきた。

「なんで俺を……、新田《にった》の息子を拾ってくれたんですか？」

おじさんは少し考える。

『罪悪感だな』

意外な言葉だった。

「どういう意味ですか？」

『ああ、いやな……』

おじさんは言いにくそうにしてから続けた。

『世の中には趣味を仕事にしていい人間とダメな人間がいる。俺は本当にダメなほうだ。新田と興した会社はコーヒー豆や機材を輸入する会社だった。趣味が高じたせいで俺はコストを甘く見積もった。いつもなら損切りするべき場所で粘った。それが失敗の原因だった』

おじさんは澄花さんのおばあさんのもとで修業をしていた。

趣味。つまり心底コーヒーが好きだったのだろう。

『新田が失踪《しっそう》したのは会社が失敗したせいだ。会社の話を持ちかけたのは俺だ。だからお前が父親を失ったのは俺のせいなんだ』

おじさんは吐き出すように言葉を続ける。

『すまない、静一郎。伝えなかった俺が卑怯だった。全部、俺のせいだ』

驚いた。まさかそんなふうに気にしていたなんて、思いもよらなかったからだ。

おじさんも苦しかったのかもしれない。

「そんなのおじさんのせいじゃないですよ」

『いいや、お前には俺を恨む権利がある。すまない……』

俺は眼の前に相手もいないというのに、首を横に振る。

「俺はおじさんに謝ってもらうような立場じゃないんですよ。あいつがおじさんたちに死ぬほど迷惑かけた。それなのにおじさんは俺をスミレに連れてきてくれた。俺に居場所を見つけるチャンスをくれた」

おじさんがどういうつもりだったにしろ、俺にとっておじさんが恩人であることには変わりない。だからおじさんの縮こまった姿など見たくはない。

「ありがとうございます。俺、おじさんのおかげでいま楽しいです。だからこういうのやめましょう。俺は嫌なことばかり思い出して過ごすより、いまを楽しみたい。そう思うんです」

自分で言っていてほっとした気分になっていた。すんなりと吐き出せて気持ちがいい。

『静一郎。お前、大人になったな……』

「じゃあ子ども扱いしないでくださいよ」

少しの沈黙。それからおじさんが笑い出したので俺もつられる。

でも俺は相手にさとられないように自分の目に溜《た》まるものを袖《そで》で拭《ぬぐ》う。

『ちなみに俺の気にしすぎかもしれないけど、その子ども扱いするなっていうのは澄花さんと結婚を前提に付き合う許可くださいい的な意味じゃないよな？　なあ、おい？』

「ちが、違いますよ？」

『やけに動揺するじゃねえか！　おい静一郎！　どういうことだ！』

「おじさんとの約束があるんですよ！　そんなわけないでしょ！」

『あ、約束ぅ？　別に澄花と付き合うのに俺の許可なんて必要ないだろ？』

「は？　絶対に手を出すなって言ってたくせに？」

『無責任に手を出したら殺すって言ったんだ』

「どういうこと？」

『責任とるなら付き合ってもいい』

「なぞなぞかよ！」

吐き捨てる俺に、おじさんが猛獣のように唸《うな》る。

『なんだお前、結局澄花と付き合いたいのか？』

「いや、別にそういう意味じゃ……」

急におじさんの声が冷たくなったと思う。スマホ越しに、刀を抜く前の武士のような怖さを感じる。

『澄花がその気なら付き合えばいい。澄花だっていつかは誰《だれ》かとナントカカカントカ……』

「なんとかってなんですか？」

『でも付き合うなら、お前よぉ。責任、とれるんだよな？』

「いや、だから、そんなんじゃないんだって……」

そんなつもりないんですよ、と言うはずの喉《のど》が凍りついてしまう。

『わかってるか、責任って意味がよぉ？』

おじさんの圧がすごい。

『とれるんか？』

脳裏に浮かぶおじさんの顔面が近づいてくる。

『んん？』

ち、近い。

『おおん！』

絶対に付き合わせる気ないやつだ、これ。

◇

父について、あれから菫野家で話題になることはなかった。

最近、ベッドで横になり天井《てんじょう》を見上げると、父も同じ光景を見ていたのかと不思議な気分になる。

俺の父はきっとクズだし、殴ってやりたいことにも変わりはない。だけど、子どもだった俺にはわからないこともあるのかもしれない。おじさんと話してから、たまにそう思うようになっていた。

父は菫野家から逃げたけれど、俺はここに残る。

俺はスミレの手伝いをより熱心にするようになった。罪滅ぼしもあるが、楽しいからだ。

澄花さんに必要とされている。必要とされるのは嬉《うれ》しい。

高校は期末テストも終わり、弛緩《しかん》した空気になっていた。三年生がいる階に行けばそうではないんだろうけど、少なくとも一年生は余裕をかます空気がある。

俺も今後のことは考えずに楽しみにしている日があった。

月曜日の放課後になる。

その日は校舎を出ても友人たちに絡《から》まれていた。

「おい、静一郎、月曜はバイト休みなんだろ、遊ぼうぜ！」

「今日は用事があるんだ、悪いな」

お調子者の八弥《はちや》が肩をつつく。

「じゃあなんで一緒に駅に向かって歩いてるんだよ！　静一郎のおバカ！」

「最寄り駅が一緒だからだろ！」

さらに失恋男の洋司《ようじ》。

「おい、静一郎！　俺たちに黙って彼女とか作ってたら許さねえからな！」

「俺に彼女作ってほしいのか作られたくないのかどっちなんだよ！」

八弥が銃で撃たれたようにのけぞる。

「彼女作ってほしいけど遊べなくなったら寂しい」

「……いいから離れてくれ」

「俺たちを邪険に扱うなよ、静一郎！」と洋司。

ほんと、こういうノリがたまにうざい。

月曜日に急いで教室を出たら、今日は定休日なのにおかしい、とこいつらはついてきた。

面倒になるな、と思いながら道を進み、とうとう駅に着いて駅舎の階段を上っていく。

やっぱり先にいたか。

「あ、菫野さんだ」

おっとりとした佐二《さじ》が目ざとく気づいた。

澄花さんが上りホームに下りる階段近くで佇《たたず》んでいた。

「誰か待ってんのか？」

「男か？」

友人たちがボヤいているなか、俺は前に出る。

「じゃあな。……説明は今度するから」

それだけ言って俺は澄花さんの方に小走りで駆けていく。

澄花さんは俺に気づいて小さく手を振り、俺の背後で愕然《がくぜん》としている男子連中に目をやる。

「友達？」

「うん」

俺もちらりと見る。

離れたところでわーわー言ってる友人たちを見て苦笑い。絶対、あとでいじられるな。

「行こう」

澄花さんを促して、階段を下りていく。

「静一郎くん、どこに行くの？」

「澄花さんと東京のカフェ巡りでもしたいと思ってさ。カフェの聖地とか」

「他店の視察も兼ねるなんて静一郎くんらしくていいね、楽しみだなー！」

反応は上々で俺は胸をなでおろす。

電車はすぐにやってきた。

車内は普段この時間に乗る下りの電車より混んでいる。東京に遊びに行く同じ制服のやつらもちらほらいた。

空席はあったが二人並んで座れるような場所がなく、とくに示し合わせたわけでもないが二人でドアの前に立つ。

楽しそうに外の光景を眺める彼女の横顔。

その笑顔を見ていると、ずっと蝕《むしば》まれてきた心の痛みが和らぐ。

人の心にはいろいろなものが降り積もっている。

顔も忘れかけている母のこと。

恨むべき父のこと。

友人たちに本音を打ち明けられないでいる虚《むな》しさ。

自分の居場所を守りたい弱さ。

いつかは報われるんじゃないかという期待。

それに最近になって罪悪感が降り注ぐ。

俺は彼女の助けになりたい。

かなうなら、側《そば》で彼女がコーヒーを客に振る舞うのを見守りたい。

いつか、この降り積もったものを吹き飛ばして、彼女に並ぶにふさわしい人間になれるだろうか。

カーブが連続して電車が揺れる。

澄花さんはドア横のポールを摑《つか》みながらフラフラと動く。転びはしないだろうけど、それなりのバランスを維持している俺は澄花さんの側に寄ってみる。

「ねえ？」

「なに？」

「手出して」

俺は言われるがままに寒くてポケットに入れたままだった手を出す。

すると彼女は俺の袖をつまんだ。

「こうするとデートみたいになるんだけど？」

「静一郎くんはデートでいい？」

澄花さんは内緒話をするみたいに言う。

「お、照れてるね、静一郎くん」

「……そっちこそ」

今日、俺は新しい自分を発見した。

俺は自分で思っているより、こういうことをそつなくこなせなかった。

イメージが違ったというのもある。もっといつもみたいな空気を想像していたから、こんなふうにピッタリくっつかれるとは思わなくてむずむずしている。

そこそこ好青年としては弱みではあるけど、相手は澄花さんだ。まあいいだろ。

「なに？」

「わたしたち付き合ってるように見えるのかな？」

「……さあ」

「さあってなに？　予想外の答えなんですけど！」

「そう言われても困ります」

　いまは言えない。いまは、まだ。

「静一郎くんのそういう誤魔化《ごまか》そうとするところは嫌いです！」

　睨《にら》む彼女にたじろぐ俺だったけど、しばらく視線を交わしていたら彼女が噴き出した。

　澄花さんが笑うと温かいと思う。

　触れてしまえばいろいろなものを溶かしてしまいそうな温かさだ。

　いつか、電車の窓から見える雪景色も溶かしてしまいそうだと想像する。降り積もったものも、彼女を相手にしてはひとたまりもないだろう。ちょっとほくそ笑んでしまう。

　いつか彼女にそうだと言える日が来るかもしれないと俺は望んでいる。

　俺は彼女の側にいたい。

　望むだけじゃない。そうあるように努めていく。

　しんしんと降る雪は、ただ積もっていく。その中を、彼女と歩いていきたい。真っ白な雪が、未来は自分の意思で決められると教えてくれている。そんな気がした。

あとがき

今作の企画が通った頃は、川崎の某水族館のカフェに年パスで入り浸り、「この作品書くならいろんなカフェ巡りしないとなー」なんて公私混同も甚《はなは》だしい企みをしていました。

ところがそんな邪《よこしま》な気持ちでいた作者の思惑に反して、今作の執筆中は大小さまざまなトラブルに悩まされたものです。

特に困ったのが完成していないとダメな時期に起こった作者の緊急搬送でした。三週間に及ぶ入院と手術。術後の痛みでノートPCも動かせないでいたときは「これ完成するのかな」と不安でたまらなかったものですが、なんとかなりました。やったー。

しかし振り返ってみれば不幸中の幸いというか、砂漠にオアシスというか。活路を見出《みいだ》すのには人との出会いや縁が大事なものだと心底感じました。

そうだよな、静一郎《せいいちろう》？　お前もそう思うよな。なあ？　……だよな！

というわけで今回は長めの謝辞です！

刊行がずれ込んでも対応してくださった上に、澄花《すみか》をはじめ、透明感のある数々のイラストを描き下ろしてくださった古弥月《こみづき》先生、ありがとうございました。

澄花のキャラデザを見たときに元気が湧《わ》きました。

手術と入院に携わってくれた某病院の神医師たちと神看護師さんたちありがとうございました。おかげで本が出せました。まだまだ出したいので、また倒れたらよろしくお願いします。

それと横浜でジンギスカンを食べた友人たち、冬の青春の思い出を教えてほしいと頼んだら夏のことばかり話してくれたけど、ありがとうございました。M夫妻は素敵な結婚式に呼んでくれてありがとうございました&おめでとうございます。

一番迷惑かけた担当のぬるさん、ありがとうございました。

良さげなおしゃれカフェをたくさん教えてくださるので、資料的な意味を超えて、だんだんと羨《うらや》ましくなっていました。今作に関《かか》わった人で一番のコーヒー好きは、間違いなくぬるさんだと思われます。あと、入院中LINEで話し相手になってくれて助かりました。

僕がぬるさんをけしかけたせいで、お高い見本誌を奪われたというのに、お見舞いということにしてくれた初代担当のミウラーさん、ありがとうございます。あの本、最高でした。

刊行に携わってくださった多くのスタッフにも感謝しています。

なによりも本書を手に取ってくれた読者の皆様に最大の感謝を捧げます。人間は病気になっても生きていけますが、作家は読者なしでは生きていけません。ありがとうございました。

それでは快調な有澤は某水族館のカフェに、大好きなカフェラテを飲みに行きます。

失礼いたします。またいつか。

有澤《ありさわ》　有《ゆう》

ファンレター、作品の
ご感想をお待ちしています

〈あて先〉

〒105-0001
東京都港区虎ノ門2-2-1
SBクリエイティブ（株）
GA文庫編集部 気付

「有澤 有先生」係
「古弥月先生」係

本書に関するご意見・ご感想は
右のQRコードよりお寄せください。

※アクセスの際や登録時に発生する通信費等はご負担ください。

https://ga.sbcr.jp/

それは、降り積もる雪のような。

発　行	2025年2月28日　初版第一刷発行
著　者	有澤　有
発行者	出井貴完
発行所	SBクリエイティブ株式会社 〒105-0001 東京都港区虎ノ門2-2-1
装　丁	AFTERGLOW
印刷・製本	中央精版印刷株式会社

乱丁本、落丁本はお取り替えいたします。

本書の内容を無断で複製・複写・放送・データ配信などをすることは、かたくお断りいたします。

定価はカバーに表示してあります。

©Yu Arisawa

ISBN978-4-8156-2421-7
Printed in Japan

GA文庫

S級冒険者が集う酒場で一番強いのはモブ店員な件
～異世界転生したのに最強チートもらったこと全部忘れちゃってます～

GA文庫

著：徳山銀次郎　画：三弥カズトモ

「あの店員、一体何者なんだ……」

　見知らぬダンジョンの最奥で目覚めた元居酒屋店員のアミトは、記憶喪失で忘れてしまっていた――異世界転生して桁外れのステータスと最強のチート能力を得ていたことを。自力で危険なダンジョンを脱出したアミトは、偶然出会った酒場の店主ロッテに見込まれ、S級冒険者が集う酒場で働くことに。前世の経験を活かし、S級冒険者ともすぐに顔馴染みになったアミトは彼らの依頼も手伝い始めるのだが…… 歴戦のS級冒険者でも苦戦する依頼を楽々と解決していき――「僕は普通にしてるだけなんですけど……」

　自分が最強だと忘れたまま始まる少年の無自覚無双劇、ひっそり開幕！

試読版は
こちら！

泥酔彼女３

「キミに酔ってまーす」「ノーコメント」

著：串木野たんぽ　画：ぽんこつわーくす

GA文庫

　酒好きダメ美人・和泉七瀬《いずみななせ》。アンチ酔っぱらいの俺、瀬戸穂澄《せとほずみ》とは相性最悪。彼女とどうにかなるなんて未来永劫ありえない、はずだったのだが――バレンタインに激震走る！

「もしも私を選んでくれるなら……一生甘えちゃうから、覚悟しろ？」

　和泉七瀬、恋する泥酔乙女と化す。いきなりキスされて、こんなの動揺するなっていうほうが無理だろう。しかもその直後、同級生・羊子《ようこ》からの爆弾じみた告白が炸裂。おまけに、元カノ・月浦《つきうら》が俺に隠していたとある真実まで明らかになり……？　恋なんて、酔わなきゃやっていられない!?　距離感激近青春宅飲みラブコメ、ヒロイン三つ巴な真冬の大決戦で堂々完結の第３巻！

第18回 GA文庫大賞
GA文庫では10代〜20代のライトノベル読者に向けた魅力溢れるエンターテインメント作品を募集します!
創造が、現実《リアル》を超える。
イラスト/りいちゅ
大賞賞金300万円+コミカライズ確約!
◆募集内容◆
広義のエンターテインメント小説(ファンタジー、ラブコメ、学園など)で、日本語で書かれた未発表のオリジナル作品を募集します。希望者全員に評価シートを送付します。
※入賞作は当社にて刊行いたします。詳しくは募集要項をご確認下さい。
全入賞作品を刊行までサポート!!
応募の詳細はGA文庫公式ホームページにて
https://ga.sbcr.jp/